U0014473

端木冬粉
著

聚散有時，
卻不影響我們抵達愛。

夕陽色的訣別

Farewell

第一章

「妳確定嗎？眞的遮得住嗎？」

「我也不確定，但總得試試看。」顧念小心翼翼地用美妝蛋推開粉底液，一層不夠，再上一層。

這款卡茲蘭的小夜貓粉底液，遮瑕和隱形毛孔的功力不輸專櫃品牌，持妝效果又好，希望可以遮住這位新娘前一天熬夜的黑眼圈和痘疤痕跡。

「眞的……眞的不見了……」女孩仔細看著鏡子，在厚得像是蛋糕般的層層白紗禮服中鬆了一口氣，「謝謝妳啊念念，我最近眞的太緊張了，晚上都睡不好，所以黑眼圈超深的。」

顧念繼續替新娘上妝，不善言辭的她只是恭謹地笑著。

「妳不知道我壓力有多大……爲了塞進這件禮服，還瘦了四公斤呢。」幸好女孩是常客，早知道顧念木訥的性格，繼續笑道：「但是我的臉還是很大，妳能不能幫我修一下？不是有那種在臉旁邊刷黑黑的，讓臉變小的東西嗎？」
「來，眼睛閉上。」顧念點點頭，「妳說的是修容對嗎？」
「對、對。很像黑魔法的那個。」女孩笑道。
「好，等等幫妳試試看。」顧念答應女孩，「慧君，MAC的那一盤修容再幫我拿一下。」
「好，我待會拿給妳。來，起身，先幫妳穿上肩鍊。」一旁顧念的好友吳慧君走上前，幫新娘穿上有著滿滿刺繡和水鑽的肩鍊，整套禮服瞬間閃耀無比，設計感與高級感也比普通的婚紗更上一層。「眞的瘦了很多耶，我記得上次試裝的時候沒那麼鬆。」
「是不是？慧君姐，我眞的瘦得只剩皮包骨了。」
「今天結束後，壓力也放下了，就可以多吃點啦。」吳慧君露出她招牌的瞇眼笑容。她笑起來的時候眼睛彎彎的，看起來像隻狐狸一樣靈動可愛。
顧念身爲彩妝師，已經在吳慧君開的Joy MakeUp Studio工作了幾個年頭。每當她面對新人們洋溢著欣喜笑容的臉龐時，總是覺得很開心也很慶幸，能夠運用自己的技能，讓客人一個個美美地上場，和親朋好友分享這份喜悅，迎接人生的下一個回合。

看著滿面笑容的客戶，是件很棒的事。

漂亮的新娘終於化好妝，從大門一路迎向人群的祝賀，踩著紅毯向舞台走去。看見新娘在台上與未來的先生親親熱熱的模樣，吳慧君和顧念這才放下忐忑不安的心情，小心地從後方的小走道，來到自己的酒桌位置。

「眞好，什麼時候能輪到我們啊？」吳慧君看著台上的新人，很是羨慕。她總是這樣，是個十足的戀愛腦。

「很快就會輪到妳了。」顧念拍了拍自己唯一的朋友。

「妳可千萬別提那個沒良心的傢伙，每次都是我去找他，這麼多年來，他哪有一次想到我、遷就我？」吳慧君嘆了口氣，眼睛裡盛滿了煩惱。

「去年過年妳不是說他有回國嗎？」

「但是今年疫情爆發，他也就更難回來了。前陣子還要我申請韓國的學生簽證，去那邊找他，我都不知道爲他花了多少機票錢。」吳慧君無奈地搖搖頭，用手肘頂了一下身旁的顧念，「妳呢？都沒個對象嗎？」

「哪有人看得上我？」文靜的顧念不好意思地搖搖頭。

「怎麼沒有啊，妳漂亮又有氣質，哪個男生不喜歡？還是因爲妳太安靜了，總不給別人回應才這樣的？上回美容室隔壁那個廣告公司的小男生，不是就很喜歡妳嗎？整天請我們喝飲料。」

「……妳別胡說了。」顧念趕緊給吳慧君夾菜，「妳吃不吃紅蟳油飯？多吃點，剛才我們待機有夠久，妳一定餓了吧？」

「對啊，超餓的，給我給我。」吳慧君傻笑著接受了，「今天的工作好不容易結束了，我們得多吃點！」

吳慧君果然很好哄，只要有食物便什麼都能接受了。

顧念笑著給吳慧君倒飲料，希望她不要八卦到自己身上來。畢竟自己和前任分手才剛滿一年，她還不想要這麼快就投入新的戀情，面對這個尷尬問題，還是慢慢來吧。

婚宴結束後，顧念準備騎機車載吳慧君回家。

吳慧君在席間喝了很多酒，醉得連路都走不穩。

顧念拉著東倒西歪的吳慧君，好不容易走到停車場，看她眼睛都快要半閉上了，只好用力搖她，讓她清醒。「慧君，妳可不能睡著。」

「我沒睡……我沒睡……」吳慧君拍拍自己的臉，提起精神跨上機車，卻滑稽地單腳跳了好幾步才勉強成功。

「這邊離妳家近，我先送妳回家，再把器具放回美容室。」顧念有點擔心後座的她，「慧君，妳抱著我，手不要放喔。」

「嘿嘿，念念對我最好了。」吳慧君醉得厲害，傻笑著說：「幸好有妳，一直陪在我身邊……妳眞是我最好最好的朋友！」

送吳慧君回家後，顧念回到美容室整理器具，她先將電捲棒、吹風機的線整理好，再把剛才用過的刷具丟到後頭的盆子裡泡著，明天一起洗滌消毒乾淨。

她見店裡堆放了許多雜物，是吳慧君剛買的指甲彩繪器具和各種新式的甲油膠，只好又多花了半小時，替她好好整理一番。

將器具歸位後，顧念再把紙箱割開疊好，丟進社區旁邊的回收桶，終於可以下班了。

疲累的她回到家，發現家裡空無一人。奇怪，媽媽今天不是沒班嗎？

她打開手機，這才看到媽媽傳的訊息：「到家回我！」

顧念正想回個表情符號時，便聽到鑰匙轉動門鎖的聲音——媽媽回來了。

「我以爲妳中午的工作很快就結束了，怎麼拖到現在？」媽媽劉素華開了門，手上拿著一堆寵物用品，「我跟妳說，我在街上撿了一隻貓。」

「什麼？哪來的？」顧念很是驚訝。

「我今天中午去隔壁街的陳大俠麵店吃麵，看到一隻白貓躺在馬路上，左腿不知道是被車子壓過去還是怎樣，流了好多好多血！所以我就把牠送到附近的獸醫院。」劉素華一邊說，一邊打開其中一個塑膠袋，裡頭是貓飼料。

「那貓怎麼樣？」

「醫生說神經可能有受損，不過應該沒有生命危險，剛剛開刀前照了X光，我有拍照，妳看看。」劉素華放下手邊的飼料盆，拿出手機，「白毛的陰陽眼，好漂亮。」

「看起來很兇……」顧念癟嘴，對貓沒有太大的興趣。

「很可愛啊，牠叫噹噹。妳可以把牠養在店裡，吸引客人。只要好好照顧牠，之後一定會變得更漂亮。」

不養貓幹麼取名字？顧念微微皺眉。

「怎……怎樣啦？」被平時總是安靜的女兒瞪了一眼，劉素華有點心虛。

「媽……拜託妳戒掉這種亂撿動物回家的習慣好不好？妳又不自己養，到處送朋友、送鄰居，造成別人的困擾。」平時總是好聲好氣的顧念，不高興時的語氣也是輕輕柔柔的。

「好啦好啦，這次眞的是最後一次了。」劉素華爲了轉移話題，趕緊伸出左手，秀出無名指上的白金戒指。「妳看！」

正在喝水的顧念驚訝地挑起眉毛，一口尖叫含在嘴裡，好不容易才吞下。「爸爸送的？」

「對啊，誰知道妳爸又在想什麼……」劉素華笑得嬌羞，卻還是帶著高傲姿態。

「是不是要復合了？」顧念笑問。

「當然不是。」劉素華嘆了口氣，「他年輕的時候總是悶頭工作，把我丟在一旁，還認爲我就該等著他，覺得我跑不掉。我偏偏不順他的意，男人都是這樣，離婚之後才曉得對方的重要。」

顧念笑著看向媽媽，她看起來明明就很開心的樣子，不斷撫摸著手中的戒指。

爸媽離婚大約有五、六年了，一開始是因爲婆媳關係尷尬，造成彼此的不諒解與爭吵，後來又漸漸變得無言以對。二十多年來，兩人走過了許多風風雨雨，最後分開也確實無奈。

顧念也知道，離婚之後的媽媽未必是眞的感到快樂，每當媽媽分享爸爸對她的關心時，其實都帶點炫耀意味，代表她其實也很想爸爸的吧？

顧念不太會去干涉父母的關係，想要讓他們自己發展，而她憑著兩人的互動就知道，他們最終還是會走到一起的。

一定會的。

「總之，我明天下班後會先去獸醫院，接那隻貓回家。」顧念聳聳肩，打開冰箱看看有什麼食材，「晚上炒烏龍麵給妳吃？」

「接去美容室啦！我不喜歡有貓待在家裡。」劉素華笑著回應，好像一切都很理所當然。

「……那妳還撿回來？」顧念吐槽道。

「人家受傷嘛！」劉素華一臉無可奈何。

「好吧，我明天先問慧君能不能養，如果不行的話，我還是得帶回來，照顧好牠後，再找找看有沒有人要領養。」顧念搖搖頭，一臉被她媽媽打敗的表情，「烏龍麵？」

「好啊，我家念念最可靠了。」劉素華笑著拍拍手，「感謝妳啊，女兒。」

顧念從冰箱裡拿出食材退冰，忍不住苦笑。

✦

從獸醫院接到那隻虛弱的白貓時，牠非常非常兇。

雖然吳慧君表示自己沒意見，覺得在美容室裡養貓也無妨，但顧念還是有些猶豫，因爲這隻白貓不親人，所以她只好先將牠安置在工作室後面，放掃除用具的儲藏室，等到牠身體好一點之後，再看能否送養。

經過兩天的相處，那隻白貓看向她的眼神還是非常不友善，只見牠嘶哈不斷，只要顧念稍微接近檢查傷口，牠就馬上躲開。

顧念心想，說不定這隻白貓就是那種不喜歡被馴養的浪浪，只想要回歸自由。

這兩天牠都滴水未沾，貓砂也是一片乾淨，顧念擔心牠太過緊張而不願吃飯，於是下班前便走去看看牠的情況。

儲藏室裡多半都是掃除用具和貨架，空間不大。她鋪了兩條毛毯，想讓牠好好休息，但是那隻白色的陰陽眼貓咪總是躲在陰暗角落，絲毫不肯離開。

顧念在網路上查了好幾種方法，想誘騙牠吃飯，但是牠仍然不動搖，眞是任性又固執。

她把碗推得離白貓近一點，「噹噹，吃一點吧？」

噹噹還是不爲所動。

顧念平時話少，但面對不會說話的貓，不知道爲什麼反而感覺更自在了一些。她換了個坐姿，對著這隻大白貓說：「我可以不接近你，不煩你，但是你得吃飯，不然身體不會好。」

噹噹抬頭看向她，好像正在嘗試聽懂她所說的話，兩顆眼珠子一藍一黃，看起來就像是璀璨的寶石般，在陰暗的儲藏室裡閃閃發光。

顧念起身關了燈，想著或許這樣牠會比較安心，然後在角落蹲下，環抱著膝蓋，看著噹噹的眼睛。「你好漂亮啊。」

噹噹仍然沒有移動。

過了許久，顧念又喃喃地說：「等你好了，如果你希望，我會讓你出去的，好不好？」

光影微微一閃，白貓好像聽懂了她的話，眨了眨眼，默默地從角落爬起來，跳著跳著，跳到飼料盆前開始靜靜地進食。

小小的儲藏室裡很安靜，只有飼料被輕輕撥動的聲音，喀噠喀噠。

噹噹漂亮的側臉埋在飼料盆裡，時不時抬頭看向顧念，有點戒備的樣子。

顧念心想，貓眞的很有靈性呢，難怪那麼多人喜歡貓。

此時突然傳來敲門聲，嚇得顧念抖了一下，也嚇到了正在吃飯的噹噹，牠馬上又縮回原本的角落。

敲門的人是吳慧君。可能是顧念在儲藏室裡待太久了，所以她才過來看看情況，「妳怎麼連燈都不開？」

「我只是在陪噹噹吃飯，怎麼了？」顧念關上門走了出來，還以爲是有客人來了。

「我有些事情要請假，這幾天可能不來上班，沒關係吧？」吳慧君的表情有些不安。

「怎麼了？」顧念微微皺眉，馬上查看存在電腦裡的行程表，似乎沒有什麼要緊的大案子，應該是無妨。

「是謝仲學啦，他本來因爲疫情的關係，預計下週要回國，但後來又好像出了什麼事。我擔心他錢不夠，想說是不是要幫忙，所以聯絡了他媽媽，但是他媽媽說……」

謝仲學就是吳慧君那位在國外念書的男友。

顧念拍拍吳慧君的手，「沒關係，妳去吧。店裡有我，大案子我也盡量先不接，沒事的。」她雖然不清楚吳慧君的男朋友發生什麼事，但是看到吳慧君緊張的模樣，她自然也不會拒絕對方。

「謝謝妳！」話說完，吳慧君便匆匆收拾了要攜帶的物品，離開美容室。

吳慧君離開後，顧念又去看了噹噹，牠似乎已經放下戒心，吃了一些飼料，在鋪好的毛毯上睡著了。

Joy MakeUp Studio的服務內容多半是美容、美甲、護膚、整體造型等等工作，應有盡有。由於店內坪數不大，因此平時容納不了太多的客人。

下午，顧念接了幾位做彩妝和美髮造型的客人後，便結束了一天的工作。

「好嘍。」她笑著拿出鏡子給客人檢查，「妳覺得怎麼樣？這樣的捲度看起來會更自然一些。」

「我很喜歡。」客人笑著點頭，「慧君怎麼不在？」

「啊，她有點事，所以請假了，最近都只有我。」顧念說。

「這樣啊。」這位客人是附近服飾店的老闆娘陳阿姨，經常來這裡做造型，「最近疫情生意應該不太好，妳們好好做，都辛苦了。」

「謝謝阿姨。」

顧念離開美容室前，去替噹噹補了點飼料，爲牠蓋上厚厚的毛毯，希望牠能夠感到溫暖一點。

但是噹噹卻瞪了她一眼，馬上離開了毛毯。

「好好好……不蓋不蓋，是我雞婆了。」顧念趕緊離噹噹遠一些。或許和牠培養感情需要循序漸進吧，是她太過唐突躁進，以爲可以更進一步。

✦

幾天之後，噹噹吃得比之前多了，不再拒絕顧念給的食物，還乖乖躺在毛毯上睡覺。

這幾天顧念處理貓砂時，發現牠的排泄狀況正常了許多，甚至在她伸手摸牠時，也不再像以前一樣那麼抗拒了。

本來以爲一切就會這樣漸入佳境，但沒想到又過了兩天，噹噹的精神突然變得很差，飼料吃得不多，貓砂也一整天都沒什麼動靜。

看牠幾乎整天躺著，顧念上網搜尋資料，探了探牠的腋下和大腿內側，感覺好像有點燙，是不是又發燒了？該不會是傷口有點感染？

「噹噹，你不舒服嗎？我下午帶你去看醫生好不好？」顧念摸了摸噹噹的身體。

噹噹軟綿綿地瞇著眼睛，耳朵也在發燙。牠眨眨眼，發出一聲像是呢喃又像是呻吟的貓語，「喵……」

顧念皺皺眉頭，看牠這麼沒有精神的樣子，實在心疼。反正店裡沒什麼客人，她決定下午要早點下班，帶噹噹去附近的獸醫院看醫生。

她洗了手，回到美容室後，便看到一位陌生的中年婦人站在店內。

「終於出來了！我還以爲妳店裡沒人咧！」中年婦人手插著腰，一臉不悅地說。

其實顧念也不是完全沒見過這位中年婦人，她隱約記得對方是房東，不過因爲店租都是吳慧君在處理，她不曾經手，只見過對方一兩回，不是很確定。她禮貌地問：「請問您是……」

「吳慧君呢？我是房東，她很久沒給房租了！叫她馬上滾出來！」房東太太看起來約莫五十幾歲，一副風塵僕僕地從外縣市過來的樣子。

房租沒給？顧念眨眨眼，「怎麼會？」

「我怎麼知道？」房東太太氣急敗壞地拿出存摺，「妳自己看！已經半年沒給了，我人好，又住在外縣市沒空過來，前幾次都通融她了，是她說這個月底一定會給的！現在呢？一拖拖了半年，到底什麼意思？」

顧念仔細地看著存摺，又看了房東太太給的手機對話紀錄，對吳慧君沒有把這些事情告訴她感到難以置信。

一個月的房租是一萬五千元，六個月就是九萬元，店裡面可沒有那麼多的現金。「……房東太太……我現在聯絡她看看，好嗎？」

「我要是聯絡得上她，還用得著到這裡來嗎？」房東太太搖搖頭，「她都不接我的電話，一定是跑路了！妳馬上還錢！」

「不會的……不會的……」顧念一瞬間傻了，本能地拒絕接受這個事實。

她趕緊拿起手機嘗試聯絡吳慧君，但是卻被直接轉進了語音信箱，不知道她是不是出國去找男友了，所以聯絡不上。

顧念只好打開抽屜，先拿出三萬元的現金，「房東太太……我這裡只有這麼多，您能不能通融一下，先讓我付清兩個月的房租？」

「妳開什麼玩笑？」房東太太生氣地甩開她的手，拉下口罩，她的臉色極度鐵青，嚇得顧念不敢吭聲。「我已經給足妳們面子了好嗎？上禮拜打來店裡的時候，她還掛我電話！妳現在不還清房租，我就要告妳們！把妳們店裡的東西都拆了拿去變現！」

顧念不知如何是好，公司的存摺和印章都在吳慧君手裡，自己的戶頭裡只有三、四萬的存款，加上店裡面的現金也不足以負擔全部的房租，她該怎麼辦？

「不然，您讓我先去領錢好嗎？」

「妳別想跑！妳們店裡有讀卡機吧？現在馬上匯給我。」房東太太用力拍桌，「不要想跟我耍什麼花招！」

顧念膽子小又不善言辭，被嚇得眼淚在眼眶裡頭打轉。她坐在電腦前打算匯款，一邊思考現在該向誰求助，媽媽只是在學校的餐廳裡面幫忙，身上的積蓄恐怕也不夠給她應急，所以她不能麻煩媽媽……她心一橫，打了通電話出去。

「念念，怎麼了？」顧念的爸爸顧立鈞接起電話。

「爸……抱歉，可以跟你借三萬元嗎？我店裡有些狀況，緊急需要……」顧念不好意思地開口。

「當然沒有問題，我現在叫助理轉給妳。」顧立鈞馬上答應。

好不容易收到了錢，顧念趕緊再用電話聯絡爸爸，向他道謝。

顧立鈞雖然已經與妻子離婚，但對於這個掌上明珠可是異常珍視，對待顧念是無微不至、有求必應，所以顧念什麼不怕，就怕爸爸會因為這通電話而擔心她。

「店裡發生什麼事了？不嚴重吧？」顧立鈞果然問了。

「不嚴重，當然不嚴重。」顧念故作歡快地說：「別擔心，我馬上就還你！」

掛了電話，顧念一臉難受表情。

房東太太確認房租入帳後，表情放鬆了一些，對眼前這個陌生女孩也多了點同情。「妳是吳慧君的朋友？是一起上班的那個女生嗎？她人怎麼不見了？」

「她請假……」

「妳一定是被她騙了！」房東太太搖搖頭，「這個月的房租下個月十號要繳，妳給得出來嗎？」

「會的，到時候慧君一定會回來上班的，她應該是有什麼不得已的苦衷，才會這樣，我會跟她說……」

「妳太單純了。」房東太太翻了個白眼，覺得眼前的女孩不受教，感慨地說：「她這半年來一直不斷找藉口推託，卻對妳隻字不提，代表一定有更多事情瞞著妳！妳還這麼相信她嗎？」

房東太太這麼一說也確實不假，顧念的腦袋一片空白，整個人遭受劇烈的打擊，久久無法回過神來。

但是即使如此，顧念還是相信吳慧君。吳慧君是她的高職同學，兩人都認識超過十年了，雖然吳慧君總是很迷糊，做事情又衝動，有時候講話白目，還會到處得罪人，但她絕對不是這種不負責任的人。

房東太太戴上口罩和太陽眼鏡，準備要離開，嘴上還在嘮叨：「要不是我住在花蓮，根本沒時間過來看，不然我早就提告了！」

「對不起……」顧念只能乖乖道歉。

顧念這幾天都聯絡不上吳慧君，加上又遇到房東太太來收租金，心裡難免有些抱怨，下午索性關了店，帶噹噹去回診。

醫生說噹噹的身體狀況不太好，可能是傷口有點發炎感染，於是噹噹又住進了獸醫院……

隔了幾天，顧念收到獸醫院的訊息，要她過去一趟。

當顧念想著說不定能夠早點把噹噹接回，提著外出籠準備出門的時候，卻看見有位身形高大的男人站在店門口。

男人的頭髮很長，前額的瀏海蓋過眼睛，還綁了個流裡流氣的小馬尾，嘴上叼了一根菸，戴著三、四個耳環，手上也有許多又大又顯眼的戒指，脖頸處還有很嚇人的紋身。他的表情凶狠，看起來並非善類。

不像是客人啊，眼神微微交會後，顧念本能地低下頭，盡快從男人的身邊走過，打算趕快坐上機車離開。

「妳是店員？吳慧君在不在？」見她從店裡出來，男人開口。

怎麼又有人找上門？語氣好可怕，顧念縮了一下，怯怯地開口：「她……她好像出國了。」

「喔，那妳就是顧念嗎？」

他怎麼知道自己的名字？顧念微微吃驚，抬頭看到這個高大的男人突然走上前，顧念以爲他要說些什麼，沒想到他卻伸手「砰」的一聲拍在她的機車上，朝她的臉上噴了一口煙，「滿正的喔！我的菜。」

顧念被嗆得咳了起來，嚇得腿都軟了，不知所措地想要發動機車，卻瞬間被抽走鑰匙。

她還來不及尖叫，只見那個男人轉著手中的鑰匙，一臉痞樣道：「妳不請客人進去坐嗎？」

眼下顧念似乎也沒有別的選擇，只好讓這個像流氓的男人進了店裡，並打開了裡頭的燈。

「我就直接說重點了吼！」男人豪邁地坐下，翹著二郎腿，「妳還滿正的嘛！

要不要跟我去喝個咖啡？」

「……啊？」顧念臉一皺。

男人哈哈大笑，「開玩笑啦！看妳怕成這樣！」男人笑著，捻熄了菸，又點了一根菸，「幹，老子多的是女人倒貼，我看上妳，是妳的榮幸好嗎？是在怕什麼？」

顧念更害怕了，很想告訴他店裡禁菸，如果有菸味殘留，就要用空氣清淨機去除好幾天，這樣搞不好客人都不願意上門了，但是一看見眼前的男人凶狠的模樣，她又不敢說了。

「總之，吳慧君欠錢啦，快還錢。」男人從包包裡拿出一份文件，「妳看看，不多，就一百五十萬。」

「……一百五十萬……」顧念的額髮瞬間冒出了細密的冷汗。

「妳看看，這是借據，旁邊保人的位置還有妳的簽名。」男人笑著說：「雖然妳長得正，但腦袋空空可不好啊，怎麼可以隨便去當人家的保人呢？」

「保人？」顧念大吃一驚，她沒有任何關於自己當保人的印象啊。爸爸以前做生意失敗，早早囑咐過她絕對不能當別人借款的保人，她又怎麼會明知故犯。「這不是我的簽名……我沒有……」

突然，顧念想起兩個月前的尾牙，那天她和吳慧君都喝醉了，在店裡狂歡，喝了好多酒，吃了很多炸雞和披薩。她還記得，自己醒來的時候倒在沙發上，手上有好幾個紅紅的印子。

那時候吳慧君說，是她喝醉時自己抹到的。

那些紅印子怎麼洗都洗不掉，當時她就覺得很奇怪，卻也不知道自己是抹上了什麼，又是如何抹上的。

難道是印泥？難道那時候……吳慧君騙她蓋上了手印？

因爲除了那天之外，她也實在沒有任何其他有可能的印象了。而且公司抽屜裡還有她的印章和證件影本，除了吳慧君，根本也沒有人有機會這樣做。

顧念抓著那張借據，一時委屈地哭了起來。難道她眞的被吳慧君騙了？

「係勒哭么喔……」男人翻了個白眼，抓抓頭髮，看來已經習慣了這種場面。

他稍稍解釋了一下狀況，顧念也終於認清事實，抽抽噎噎地說：「可是……我沒有錢……我前幾天才還了房租……」

「妳把這些器材賣一賣，應該可以先頂個十幾萬吧？」男人摸著一旁的美髮器具，「這裡一個月能賺多少錢？」

「……慧君會回來的，說不定，一切都只是誤會……她一定會回來的……」儘管顧念並不確定吳慧君會不會回來，但她還是這麼告訴對方。

「妳還眞不是普通的傻耶。」男人一邊笑，一邊接近顧念，粗糙的手捏著她細緻的下巴，「這樣吧，今天幾號來著……」

「十七……」顧念想別開臉，卻被男人捏得死緊，躲也躲不掉。

「月底我再來，如果月底她還沒回來，這些東西妳就要收一收準備賣掉，聽到沒有？」他惡狠狠地瞪著顧念，「不然到時候看妳是想賣器官還是剁手腳，我都可以幫妳！」

男人放開顧念的時候，顧念幾乎無法控制自己的腿，沒出息地跌到了沙發上。

「妳也別想逃，我知道妳住在哪裡，也知道妳爸媽在哪裡工作。」男人看她懼怕的模樣很是滿意，隨意地把菸頭捻熄在玻璃桌上，起身又點了一根菸，「妳不想讓家裡的老人家擔心吧，正妹？」

顧念趕緊搖搖頭。

「我也可以去找妳爸啦，他不是在建設公司當主管嗎？應該賺不少錢，一百多萬對他來說應該也不……」男人故意試探顧念。

「不行，不能跟我爸媽說……」

「那就乖乖工作，趕快聯絡吳慧君這個蠢貨，叫她還錢！聽到沒？」男人一副吊兒郎當的樣子，走之前還笑著和顧念說：「我叫紀子翼，我們月底見。」

顧念哭哭啼啼地到獸醫院接噹噹，卻沒想到壞事接二連三地發生，醫生說噹噹的左腳因為傷口感染得很嚴重，必須截肢，否則壞死的區域擴大了，可能保不住性命，所以今天下午已經進行了手術。

顧念看著噹噹的左腳下方空蕩蕩的模樣，全部的壓力在一瞬間襲來，她忍不住蹲坐在噹噹冰冷的柵籠前大哭了起來。

怎麼辦……她該怎麼辦呢……

哭了好一陣子，她的手上傳來一陣溼溼刺刺的觸感，原來是噹噹看她哭得傷心，正在舔她的手安慰她，「噹噹……對不起……都是我沒有照顧好你……」

噹噹似乎一點都不在乎，又低頭蹭蹭她的手，骨碌碌的雙眼澄明清亮，沒有一點憂鬱和哀傷，好像少了一隻腳對牠而言，根本沒有關係。

瞬間，顧念好像明白人們為什麼會這麼喜歡這些可愛的動物了。她一邊哭一邊擦淚，告訴自己現在還不是自怨自艾的時候，她得照顧好噹噹，也照顧好自己才行。

「接下來我……好好照顧你，好不好？」顧念嘗試跟噹噹解釋，「可能不能放你出去了，但是我會好好照顧你的。」

噹噹虛弱地叫了一聲，似乎諒解了。

顧念摸摸牠的頭。醫生說噹噹還需要做抗生素的治療，所以她又對牠說，過幾天會再來接牠。

噹噹沒有任性，只是滿足地蹭了蹭她的手。

看著噹噹平和的狀態，顧念知道，現在還不是放棄的時候。

顧念回到店裡，再次嘗試聯絡吳慧君，並且想著先努力把下半個月的生意做好，不管怎麼樣，她都需要錢，所以現在還不能放棄。

最近顧念回到家時，表情異常疲憊，家人也發現了她的不對勁。媽媽一直問她為什麼吳慧君請那麼多天假到現在還沒有回來、為什麼她最近看起來這麼累，還說爸爸也在問她工作上是不是出了什麼狀況。

眼看著爸爸可能會把自己和他借三萬元的事情說出口，再加上日子已經慢慢接近月底，這件事也快瞞不住了，顧念只好避重就輕地說：「慧君她……消失了。」

「消失？」

「嗯，她拖欠了半年左右的房租，還在外面欠了錢……總之這個月月底她如果沒有回來，店可能就要收掉了。」顧念說。

「眞的？」劉素華很是驚訝，「那……那妳怎麼辦？」

「吃土啊……」或是賣腎。顧念不敢說，只能嘆了口氣，「沒關係，工作再找就好了……」

「喔，辛苦妳了，寶貝。有什麼需要要說，我和妳爸爸雖然有的不多，但是一點點小忙還是可以幫的。」劉素華拍拍女兒。

「嗯。」顧念點點頭。心想，她每個月如果多賺一點，應該可以慢慢還完吧？

是她識人不清，居然被自己最要好的朋友欺騙了，她至今都不敢相信。

她嘗試跟吳慧君的家人聯繫，卻發現吳慧君把公司裡所有的資料都帶走了，包含平常常用的收支表格、員工資訊，還有各種照片、資料、收據，全都拿走了，硬碟中也找不到相關檔案。本來聯絡得上的吳慧君的媽媽和弟弟的電話，也都變成了空號。

看來是早就計畫好的，早在吳慧君說要請假的時候，偷蓋她的手印的時候，就已經打算要陷害她了。

她眞的難以置信，吳慧君原本明明就是沒有城府的人，連薪水都經常算錯，平常總是笑得傻呼呼的，歡快衝動，又有著憨厚個性的吳慧君，怎麼會這樣陷害她呢？

她在這裡工作了幾年，都還是領基本底薪，從來沒有抱怨過，也從來沒有得罪過吳慧君。她到底做錯了什麼，吳慧君要這樣對她？

隔了一週，日子來到了月底。這天顧念終於接回噹噹，醫生說牠的傷口癒合得很好，過一段時間再抱來拆線就可以了。

就算只有三隻腳，噹噹也很自由自在地在店裡好奇地跳上跳下，到處看看，似乎一點都不受影響。

而她也終於在這幾天開始著手販賣店裡的高價物品，整理和包裝美髮、美容的器具。器具是二手的，只能便宜出售，也因爲價格的關係，很快就有許多買家聯繫出價。

這時，那個叫紀子翼的男人來了。

「呦！美女！」紀子翼看到顧念在包裝店裡面的各種器具，桌椅也都消失了大半，大概也猜出一些狀況。「終於死心啦？」

顧念不想看他，但是這兩個禮拜的營業額，和店裡販賣器具之後的現金，還是得交給他。她拿了一個信封袋給他，裡頭裝了五萬元的現金。

「怎麼這麼少？」紀子翼拿起來數，數著數著表情也凝重了起來。

「有一部分我拿去給貓咪看醫生了，而且這個月的房租還是得付的……」顧念瞪了他一眼，小聲地說。

「妳接下來一個月要給我三萬耶，妳到底搞不搞得清楚情況？」紀子翼說。

「……這麼多？」

紀子翼算給顧念聽：「吳慧君是向地下錢莊借錢，利息高得不像話，如果她還的金額少，就算還一輩子也付不到本金，等於每個月都在還利息。」

幹麼告訴她這個？顧念不懂，她以爲地下錢莊的人都恨不得在借款人身上多揩點油水，根本不會耐著性子向她解釋。

「可是我沒有那麼多錢……」顧念低下眼睫，這件事果然沒有這麼簡單，「而且我現在要去哪裡找那麼高薪的工作……」

「這種小事情，我有辦法！」沒想到這個像流氓一樣的男人突然大笑，用力拍著顧念的背，「人要活在這世界上有什麼困難的？捨棄不必要的東西就好啦！」

✦

隔了幾天的某個夜晚，紀子翼開車載著顧念到一個陌生的街區，這區她幾乎沒有來過，到處都是五光十色的酒店。

完了，她難道要被逼良為娼了嗎？她不要！她只交過一個男朋友耶！

「韓英姐！好久不見，最近是『華燈初上』風嗎？旗袍很好看。」紀子翼拎著顧念下車後，馬上和店門口正在抽菸的阿姨打招呼。

「就是這個女的？」這個叫韓英的女人濃妝豔抹的，穿著華麗的黑色旗袍和毛茸茸的披肩。她上下打量了顧念兩圈，微微挑眉，帶著難以言喻的表情，不置可否地捻熄了手上的菸，「跟我進來吧。」

「等一下……」顧念害怕地抓住紀子翼，「我不要……」

此時紀子翼在店裡看到了老朋友，開心地上前打招呼：「幹！阿冠你怎麼跑來這裡喝酒？是不會揪喔！」

「走這邊。」韓英瞪了顧念一眼，讓她跟上。

經過了大廳和包廂與包廂間的走廊，韓英帶她來到了後面的休息室，裡頭有許多穿著豔麗的女人在化妝。

透過鏡子，女人們一個個好奇地打量這個衣著與環境極度不搭的顧念，害得她手、腳緊張得不知道該放哪裡。

韓英讓顧念坐在邊邊的位置上，攏了攏她的長髮，「資質還行，長得很清秀。妳叫什麼名字？」

「顧念，對不起……韓英小姐……我是……」顧念正想說些什麼，卻馬上被打斷。

「妳就叫艾蜜莉吧。冰冰，過來幫她化妝，準備衣服！」韓英把顧念丟給一名叫冰冰的女孩，自顧自地出去了。

「妳好，我是冰冰。第一次嗎？」這個叫冰冰的女孩打扮得非常豔麗，眼妝是迷人精緻的煙燻妝，閃粉和亮片又細又密，妝容十分講究。她從鏡子中觀察了顧念幾眼，「這邊幫妳化妝弄頭髮喔，小光！幫我拿件M號的制服！」

「我是第一次……但是……」

「不用緊張啦，這裡就是喝酒和陪客人聊天，偶爾會唱唱歌，我們店裡不會強迫小姐做S，只是那樣賺得比較快，等妳上手之後可以自己決定。」冰冰說。

聽到女孩這麼說，顧念稍微放了心，「……這樣……那我可以自己化妝嗎？」畢竟自己就是一名化妝師，她還是習慣自己動手。

「當然可以，妳弄吧。」冰冰給她化妝的器材。

顧念發現這裡所用的化妝品都非常高級，不比店裡給客人用得差。其實她以前也曾經接過這種漂亮的客人，大概知道她們的需求，只是當時的她，沒想到自己也會有用得上的一天。

眞的要做嗎？酒店小姐？

但是她不會抽菸也不會喝酒，個性又安靜，也不太會說話，這樣的她眞的能夠成爲酒店小姐嗎？

顧念小心翼翼地化好了妝，卻被身旁的冰冰嫌棄，「太淡了。」

「還是我顏色上重一點……」

「算了，先這樣吧，客人應該也喜歡這類型的。」冰冰拿起剛才其他小姐遞過來的制服，「這是制服，後面有更衣間，去穿上。」

「是……」

沒多久，顧念被帶到了外頭的大廳。她的頭髮用電捲棒燙出了捲度，身上穿著大腿處開衩又低胸的藍色旗袍，胸口別了一個實習生的名牌，還換上了不好走路的高跟鞋。

「不錯啊，挺像一回事。」紀子翼看著顧念的臉哈哈大笑，「我就在二〇七號包廂，等妳下班後我送妳回店裡！」

「等一下……」不等她拒絕，顧念已經被推著和其他小姐一起進入了包廂。

她跟在冰冰身邊實習，冰冰一開始先告訴她倒酒的方式，包括遞酒時手要放在哪裡，要傾斜幾度角，還有當酒杯冒出水珠時，要馬上用抹布擦拭等等。

冰冰教得很快，顧念看著都已經有些頭昏眼花了，還來不及學習，客人就醉醺醺地迎上來，濃濃的酒氣讓她分心，也讓她噁心。

「呦！新人啊，妳叫什麼名字？」

「顧念。」

「Good name?」

「不是……艾蜜莉，我是艾蜜莉……」顧念尷尬得要死，趕緊推開客人摟上她腰間的手，眼前的冰冰搖搖頭，翻了個白眼。

「好，是什麼都好！」客人嘻嘻哈哈地往顧念的腿上毛手毛腳，「妳的皮膚很好耶，白白嫩嫩的。平時怎麼保養呀？」

顧念嘗試躲開客人的騷擾。什麼時機應該說話，什麼時機應該討好客人，她真的不懂。只要覺得客人很可怕，她就會把客人推開，幾次之後對方當然也有所不滿。

「陳董，別這樣嘛，我們小艾第一天上班，你把人家嚇跑了可怎麼辦？」冰冰看得出來顧念不習慣客人的肢體接觸，只好打圓場。「不然讓小艾陪你喝兩杯吧？

也算是賠罪。」

「行！喝酒吧！什麼艾，長得滿漂亮的嘛！」客人笑著收回手，讓冰冰替她倒了一杯威士忌。

「是……」顧念滿臉驚恐，但對上了客人和冰冰的眼神，還是顫抖地點點頭，接過了玻璃杯。

幾個小時後，韓英和幾個小姐把已經換好衣服的顧念扛出來，交給紀子翼。

「什麼？吐在客人身上？」紀子翼大吃一驚。

「是啊，這女孩不行，算了吧。」韓英說。

「說不定多上兩、三天的班之後，就會習慣，妳不是說喝酒可以訓練嗎？韓英姐。」紀子翼抓住韓英。

「喝酒當然可以練習，孩子們能訓練她的酒量，還能教她躲酒。但是問題是她的個性太文靜了，又不會接話也不會回話，連基本的社交都有問題，再漂亮也是個木頭美人，這要我怎麼教？」韓英搖搖頭，「我見過的女孩比你上過的還多，別勉強人家了，我說她不適合，她就是不適合！」

「可是……」

「走了！孩子們！」韓英拍拍手，幾個小姐跟著離開，留下了喝醉癱倒在大廳沙發上的顧念，和一旁尷尬的紀子翼。

紀子翼抽了兩根菸，皺著眉頭，思考了一陣子後，無奈地把顧念扛了起來，丟上自己車子的後座。

第二章

隔天早上，顧念是被手機的鈴聲吵醒的，不是鬧鐘。有人打來了。她披頭散髮地睡在店裡的沙發上，蓋著沙發上的厚毯，旁邊是依偎著她的噹噹，臉上還有不知道哪來的襪子。

她什麼時候回來店裡的？顧念傻了一瞬，慌忙地接聽電話：「喂，您好。」

「我是今天早上要來取貨的買家，不是要賣營業用的美容儀？我已經到了，但是你們店門沒開。」電話那頭是一個住在忠勇街上的美容室店員，她們約好了今天十一點要面見交易店裡面營業用的美容儀機台。

「已經十一點了？」顧念趕緊跳起來，快要炸掉的腦袋，彷彿是在提醒她昨天喝了多少的酒，她痛得哀號連連。「對不起對不起……等我一下！我在，馬上就開門！」

顧念衝進廁所，臉上還帶著昨天的妝和淚痕，簡直慘不忍睹。她連忙擦擦臉，勉強搶救一下，頭髮因爲上了捲度和定型膠又硬又黏，她只能先綁成丸子頭，上前迎接客人。

「抱歉抱歉……我睡過頭了……」她一邊道歉，一邊讓對方進到店裡。

交易結束後，她幫買家將美容儀搬上車，收了錢後回到店裡，才發現桌上有張紙條，上面寫著：正妹！今天中午去找妳，別亂跑喔！

字好醜。是那個叫紀子翼的流氓送她回來的嗎？顧念馬上環抱自己的胸口，衣服應該是小姐們幫忙換的吧？該不會……被那個傢伙偷摸了？

顧念雖然擔心，但光憑自己的想像也無濟於事。當初會相信這個男人的自己也眞的有病，還以爲他會介紹什麼好工作，幫助她把錢還清，結果居然是帶自己到酒店上班。

算了，他這種流氓，又能帶她到什麼好地方去？天下當然沒有白吃的午餐，酒店小姐的工作也沒有想像得那麼容易，不會喝酒又不懂得閱讀空氣的她，連平常說話的時機都不知道，又怎麼可能在一個晚上就學會應付客人的各種方式。

她本來就內向安靜，平常幾乎只有吳慧君一個朋友，交朋友對她來說已經夠難了，昨晚要她在十幾分鐘之內做到處事圓滑、討好客人，實在逼死她了。

顧念進了浴室，先卸妝，也順便洗了澡，換上放在店裡備用的衣服，感覺清爽多了。

「呦！正妹！」一出浴室，顧念就看到紀子翼坐在沙發上吃東西，「隔壁街有賣煎餃，超好吃的，我幫妳也買了一盒，來！坐下。」

哪有人討債的時候，還會幫忙買吃的？顧念一時不能理解。她看著噹噹接近這個男人，乖巧地坐在他的身旁，紀子翼還伸手摸噹噹的頭，噹噹居然也不介意，開心地發出呼嚕呼嚕的聲音。想當初她可是花了好長的時間和噹噹培養感情，噹噹才願意讓她摸。

「幹麼那個臉，想大便？」紀子翼搔搔臉，「要大去大啊！早起就是要大便，臉這麼臭多醜。」

「才不是。」顧念微微地瞪了他一眼，畢竟對方是流氓，她也不敢發脾氣。

「妳不感謝我？我昨天大老遠地把妳扛回來。」

眞的是他扛她回店裡？顧念乖乖鞠躬，「喔，謝謝。」

「我想到了一個地方，妳可以去那裡工作，然後每個月給我三萬元，那邊還供應吃住。」紀子翼把煎餃塞給她，「吃。」

「又是酒店嗎？」

「得了，妳不適合。」紀子翼揮揮手，「韓英姐是在那條酒店街上經營數十年的娛樂公司女總裁，訓練了至少上千個小姐，她說妳不適合，我們也就不勉強了。」

「是喔，我以爲你會強逼我去上班……」

「我不是那種討債流氓啦。」

「喔。」哪有差別啊，顧念皺皺眉頭。

「吃吧，等等要耗費體力的。」紀子翼吃飽了，把桌上的煎餃推給顧念，讓她好好用餐。接著從車上拿了一套衣服，「這是我們的制服，妳等等吃飽了去試穿，今天試做一天，別說我沒給妳機會。」

顧念也知道，紀子翼根本沒義務幫她這麼多，討債人不就是威脅幾句、揍她幾拳，或是去她家噴漆潑灑排泄物，要她趕快還錢。哪有討債人那麼好，還介紹工作給她的？

如果自己不把握這次機會，大概就眞的只能賣器官了。

「是……」顧念抱著這一套像是西裝的黑色套裝，樣子看起來比昨天的正經許多。

她翻到正面，看見胸前的標誌寫著「蓮祐禮儀公司」，被這幾個淺紫色的字嚇得目瞪口呆。

「你不是……討債集團的人嗎？」顧念看著紀子翼脫下米色外套，裡頭是又黑又亮的西裝。

「那只是幫人代班賺外快，我其實是蓮祐禮儀公司的少東。上班的時候，妳要叫我子翼哥。」紀子翼拉了拉領口的領帶，看起來還頗有架式。

✦

穿上黑色西裝，將頭髮綁成乾淨俐落的馬尾，顧念跟著紀子翼去外縣市的一家殯儀館實習。

「遺體化妝師有沒有聽過？」紀子翼問。

當然有，只是她從來沒有想過自己會做這份工作，那可是要替死者化妝的工作耶。

平時她都是替幸福開心的女孩們，為了特殊場合化各種漂亮妝容，如今要為屍體化妝？這讓她一點也高興不起來，而且她不懂，為死者化妝需要技術嗎？有風格的差別嗎？難道死者會告訴她，希望今天化一個韓系學生妝容或是日系小惡魔風嗎？顧念想想都覺得毛骨悚然。

「我知道妳一定覺得很可怕，但是這份工作其實不是大家想像的那樣。當然很辛苦，但薪水也非常高，第一個月的薪水是三萬，因爲妳什麼都還不懂，但是通過考核之後，一個月的薪水就變成六萬五。」

「六萬五！」顧念張大嘴巴，「這麼高的薪水，公司怎麼會缺人？」

「妳來就知道了。」紀子翼笑了起來，「這份工作不容易，但我覺得或許會很適合妳，因爲妳有種正經又認眞的感覺，不會拿往生者開玩笑。」

拿往生者開玩笑？她也沒那個膽。

開了一個小時的車，終於到了殯儀館。紀子翼邁開長腿，話也說得飛快：「確定要做這份工作的話，妳要搬到新竹縣的竹東，住在公司宿舍，我們會供食宿。」

「喔……好。」他走得太快了，顧念幾乎跟不上。

來到殯儀館的大廳，他們見到了同公司的人，是一個年長的阿姨。「子翼。」

「筠婷姐。」紀子翼將身後的顧念推上前，「這就是我說的那個女的，她叫顧念。」

「顧小姐妳好，我是張筠婷，妳可以叫我筠婷姐。」她是一個看起來四十多歲的微胖大姐，與顧念握了手後便說：「時間差不多了，我們進去吧。」

顧念有些猶豫，卻還是跟著走了進去。

「今天妳還不需要動手，由子翼來處理，我來講解。」張筠婷帶著顧念到他們的準備室，遞給她一件半透明的白色隔離衣，是整件式的，還給了手套、口罩、眼罩。

顧念看著紀子翼俐落地穿上隔離衣，也有樣學樣地把衣服穿上。

「疫情期間，往生者的狀況不同，都穿好隔離衣是最安全的。」張筠婷見顧念穿上隔離衣之後，替她調整，「避免感染，穿脫有一定的順序，這邊的牆上都有寫，妳可以照著看，爲了自身安全，一定要注意。」

穿好服裝後，三人一同來到了殯儀館裡，走廊深處的一間廳室，裡頭是蓋著白布的往生者。

顧念感覺自己全身神經都繃緊了，眼睛也不敢直接看向遺體，但她卻看到走上前的紀子翼毫無恐懼，恭敬地對蓋著白布的遺體行禮。

「您好，我是蓮祐禮儀的紀子翼，今天爲您服務。」掀開白布後，紀子翼微微鞠躬，表情親和卻也嚴肅，「首先，先幫您脫衣服，我們清潔身體喔。」

顧念根本無法直視前方，只能瞇著眼透過手指縫看。

「顧小姐，我知道妳會害怕，妳慢慢來，張開眼睛。」張筠婷輕輕拍著她的肩膀，見她全身都在顫抖，語氣又放溫柔了一些，「其實沒有那麼可怕，妳看看，他其實只是個人，跟我們一樣的人。」

顧念強迫自己不要別過頭，她睜開眼睛，看見了橫躺在台上的是一位老先生，他平靜的面容就像是睡著一樣。

好奇特的感覺，雖然是遺體，卻沒有想像得可怕。

「他就像是我們的爺爺、我們的長輩。」張筠婷的語氣溫和柔軟，「跟一般人沒有什麼不一樣，他只是換了一種方式存在而已，其實並不可怕。」

顧念看著紀子翼替爺爺闔上嘴巴和眼睛，脫下衣服。

遺體因爲被冰凍過，所以十分僵硬，紀子翼必須讓遺體靠著自己，花費許多力氣才能將爺爺的衣服緩緩脫下。

好不容易脫下衣服，紀子翼將爺爺放平，拿出蓮蓬頭和沐浴乳，用極低的水壓慢慢沖洗爺爺的身體，認眞仔細地處理每個角落。

花了大把時間清洗後，接下來要將遺體擦拭乾淨，吹整頭髮，還要穿上衣服，感覺十分費力而且辛苦，但是整個過程紀子翼都處理得非常流暢，沒有多餘的動作或猶豫，也沒有害怕或開玩笑，與他原本的流氓模樣大相逕庭。他的側臉堅毅而嚴肅，認眞得就像是在處理一個精細的藝術品一樣。

顧念原本還很害怕地顫抖，但是看著紀子翼認眞的模樣，視線卻漸漸地離不開了。

紀子翼長得一臉流氓樣，張牙舞爪的刺青爬滿脖頸，態度卻是恭敬謹愼，就像對待高級的賓客一般。

爲爺爺換上壽衣後，紀子翼甚至還替爺爺修剪指甲，輕輕按摩皮膚，進入最後的步驟。

「接下來替您化妝。」紀子翼回頭，意味深長地看向顧念。

可能是接獲了暗示，張筠婷讓顧念向前走得更近一些。

紀子翼拿出膏狀的粉底塊，顏色是濃重的褐、橘、橘黃、粉紅，這些是顧念從未用過的色彩，飽和度高得像是璀璨的夕陽。

顧念馬上明白，遺體的容顏蒼白，帶著暗青色，爲了讓往生者的面容呈現偏自然的色澤，所用的顏色自然會重一些。

「爲往生者化妝，追求的並不是美麗，而是自然。什麼風格不重要，重要的是要像他平時的樣子，這樣在之後的告別式，家人見最後一面的時候，不至於認不出來。」張筠婷說。

重點拍上色塊後，紀子翼開始在爺爺的身體上塗抹，他的手勢輕柔，並未因爲爺爺是往生者而快速粗魯，接著他用色彩明度較低的深褐色拍出陰影，用明度高的粉紅色在臉頰打亮，並仔細地在嘴唇上塗上淺粉褐色，細細勾勒、淺淺拓開。

顧念眨眨眼，心中有種莫名的感動。

爲往生者清潔、穿衣到化妝大約需要兩、三個小時。

顧念終於結束了實習，三人換下了兔寶寶隔離衣，張筠婷先去處理剩餘的事務，紀子翼和顧念則是一起走到了停車場。

紀子翼點了一根菸，「大致就是這樣，我們維持他們最後的體面，讓他們了無牽掛地離去，這份工作就是這樣。如何？跟妳想像得一樣可怕嗎？」

顧念搖搖頭，過程當然是嚴肅而莊重的，她一開始確實感到很害怕，但專注於工作的時候，卻是一點都不可怕。她很意外，沒想到這份工作是這樣。

「當然，今天的工作還算是容易的，之後還會遇到許多無法控制的狀況，例如車禍、空難，還會有根本看不出長相的情況，別怪我沒先跟妳說，這些都很不容易，但是這不會讓妳一個人處理，妳之後也會慢慢習慣的。」

「嗯……」顧念點點頭，仍然覺得這份工作很有意義。

「人都會死，沒有誰可以躲掉，這件事就跟吃飯、睡覺一樣稀鬆平常。」紀子翼吐了口煙圈，「所以怕是沒有用的，最後都要面對，就算妳面對不了，他的家人也必須面對。」

「那你有遇過靈異事件嗎？」

「有就好了，哪有這麼容易？」紀子翼將煙捻熄在菸灰缸裡，拍拍屁股準備上車，「如果有，我就能夠知道他們在想什麼了。」

不知道爲什麼，顧念覺得紀子翼的這句話別有用意，因爲語氣裡有淺淺的哀傷，讓她忍不住看得出神。

然後被他沒氣質的髒話打斷：「看三小？再看拎北嘎哩巴蕊。」

「對不起。」顧念乖乖低頭滑手機。

顧念需要一個小時的車程才能回到家，兩人一路上都很安靜，到了後來，顧念忍不住想睡，但是瞇著眼睛睡不到十分鐘，車子突然一個急煞，紀子翼搖下車窗，雄壯有力地罵道：「幹！是不會開車喔！」

這人好兇，顧念揉揉眼睛，發現自己已經快要到家了。

「醒啦？」紀子翼嘻皮笑臉，絲毫不覺得自己是吵她起床的人，「妳還沒回答我，這份工作妳是做還不做？」

「我做。」她回答得很快，連自己都感到意外，「但是我要先回家跟我爸媽說。」顧念知道她媽媽不會喜歡這份工作，所以得先說個不容易被戳破的謊言才行。

「有勇氣喔！我尬意！」紀子翼似乎很開心。

「我可以帶我的貓去嗎？牠只有三隻腳，沒人照顧不行……」顧念問。

「帶吧帶吧，我再跟我爸媽說一聲就行。我下禮拜一的下午來接妳，會幫妳安排住的宿舍。放心啦，那邊雖然偏僻了點，不比市區繁華，但該有的東西都還是有。」紀子翼說。

這份工作意義非凡，雖然聽起來並不是多風光或厲害的職業，但是對於往生者而言，最後的體面卻是最重要的，也因爲這樣，這份工作多了一些沉重與負擔。

但是她會努力做的。

顧念回家後，和媽媽扯了個要去外縣市工作的謊，而媽媽也沒有懷疑。

「喔？那薪水高嗎？」劉素華問。

「還行。總之我到了之後會打給妳，不用擔心。」顧念說。

「當然，妳都幾歲的人了，會好好照顧自己的，我自然是不擔心。」劉素華支支吾吾了半晌才說：「只是我要自己住了，好寂寞。」

「那就叫爸爸回來啊，省得你們浪費電話費、網路費。」

「誰要跟他住？」

顧念看著傲嬌的媽媽，忍不住想笑。

✦

花了幾天，顧念清空店裡的物品，並在付清租金後交屋給房東。她停掉了網路，收拾好行李，還打包了幾箱雜物，準備寄到新的住處。

隔週的禮拜一，顧念帶著噹噹一同等候紀子翼。

「來了，正妹！」紀子翼抓抓脖子，替顧念把幾大包的行李和寵物籠丟在後座，「怎麼那麼重？」

「裡面有噹噹的貓砂和飼料。」顧念才剛坐好，就發現紀子翼竟然把噹噹放出來了，「……怎麼……放牠出來了？」

「開車過去要一個小時，牠悶著多難受。」紀子翼笑著拍拍噹噹的頭，「來，你可以坐我腿上。」

噹噹開心地往駕駛座爬，踩著他的腿好奇地到處探頭，看起來對於窗外的風景很感興趣。

「偏心的噹噹……」顧念忍不住吃醋。

到了目的地之後，紀子翼先帶顧念到她住的宿舍。

要走到宿舍，需要先從公司的大門進入，再經過旁邊的院子，之後會看到一棟四層樓高的建築，那裡就是顧念要住的地方。

「妳住在二〇三，那一層都是女生，隔壁是姚姐和一個辣妹，我住在一樓，有什麼事可以來找我。」

顧念走進二〇三，是間乾淨的小套房，浴室很大，乾溼分離，她可以把噹噹的貓砂盆放在浴室裡。套房裡還有單人床、辦公桌、衣櫃和簡單的小書櫃，以免費的員工宿舍來說，已經是應有盡有了。

門口傳來敲門聲，是張筠婷來打招呼，「我和我先生、兒子住在一一三，這是我兒子昱凱，昱凱叫人。」

「姐姐好。」小朋友很乖，很有禮貌。

「有什麼需要的可以問我或是紀子翼，別看他長得一副流氓模樣，看起來凶巴巴的，其實他非常熱心。」張筠婷笑道：「目前禮儀公司只有五、六個女生，因爲女孩子大多不願意做這種工作，所以工作量也會比較大。」

「是。」

張筠婷還說，因爲在許多家屬的傳統觀念裡，會認爲女性遺體一定要由女性來處理，畢竟要脫衣服，可能比較禮貌一些，所以在這邊女生能夠處理的範圍也比男生要廣。

「但是工作量大，薪水也會比較高。」張筠婷笑著說：「等妳安頓得差不多，六點記得下來到餐廳吃飯，到時候可以順便見老闆和老闆娘。」

顧念點頭答應，整理好自己的衣櫃和書桌後，還拍了幾張房間的照片傳給劉素華。等她的機車和其他東西寄來，生活應該都會更方便、更健全。

到了快要吃飯的時間，她下樓走到餐廳。顧念平時很準時，不太會遲到，所以當她到餐廳的時候，時間才來到五點四十五分，這時候餐廳只有煮飯的阿姨在裡頭忙碌。

一個月搭伙三千元，供應早、中、晚三餐，還滿划算的。

隨著晚餐時間越來越接近，員工也漸漸地一個一個來到餐廳，張筠婷向眾人介紹顧念：「老闆，這是新來的顧念，今天剛住進宿舍。」

老闆叫許建恩，他戴著眼鏡，看起來慈祥和藹，「妳好妳好。這麼年輕啊。」張筠婷接著又介紹其他人給顧念，「這是老闆娘美和姐，這是老闆的兒子許崇霖。」

許崇霖是個有著溫文氣質的男生，看起來大概快要三十歲，戴了一副眼鏡，長得挺帥。

此時顧念突然想到，老闆姓許，他的兒子也姓許，那紀子翼呢？難道他不是老闆的兒子？

「吃飯了嗎？」紀子翼來了，大搖大擺地走進餐廳，還伸手搭許建恩的肩，「是不是在等我啊老爸？」

「就等你一個了。」許建恩笑著拍拍紀子翼，「坐吧。我們開飯。」

紀子翼大概是盛飯盛得無聊，剛放下碗就跑去抱許崇霖，兩個人的感情很好，就像兄弟那樣打打鬧鬧，只是許崇霖似乎不太好開玩笑，正經八百地皺著眉掙扎，「好了啦，你這流氓……放我下來。」

席間，許崇霖問顧念：「所以妳和子翼是怎麼認識的？」

「喔！朋友介紹！朋友介紹！」顧念正想說，卻被紀子翼搶先回答，臉上還帶著有些不自然的微笑。

「原來是債務人啊……」許崇霖也不笨，馬上就聯想到那裡去，「媽，紀子翼又去暴力討債了。」

「不是！真的不是！」紀子翼馬上放軟語氣，甚至抓著顧念起身，「真的是朋友介紹的！妳快幫我說說話！快點！」

但是顧念怎麼會是懂得馬上變通的人呢？在她遲疑期間，老闆娘呂美和已經吼過來了。

「紀子翼！」呂美和瞪大了雙眼，變得嚴肅且怒氣騰騰，「你都幾歲的人了！還跟阿達那些孩子一起玩？」

「就是偶爾……客串一下……」

「偶爾客串？我有沒有說不准去，有沒有？」呂美和起身到角落拿了把掃把，對著紀子翼窮追猛打，「你給我過來！」

紀子翼馬上跳起來奔逃。

許建恩笑著對顧念說：「吃飯，不用理他們，常常這樣的。」

顧念忍不住覺得好笑。紀子翼那個死流氓，平常滿嘴髒話，看起來一副惡霸的模樣，居然還會怕媽媽，好像有點可愛。

只見兩人打打鬧鬧越跑越遠，紀子翼後來還抓著呂美和的掃把繞圈圈，冷不防親了呂美和的臉頰一口，玩了好一陣子才回來吃飯。

或許他不是很壞的那種流氓吧，顧念心想。

✦

顧念剛來到新環境，睡得不是很好，但因爲噹噹緊緊貼著她睡，所以讓她覺得很安心。在這個陌生的環境，有噹噹的陪伴好像讓她感到更溫暖了一些。

雖然她以前沒養過貓，但在與噹噹相處的這些時日，顧念猜想，說不定她是很適合養貓的人。

早晨揉了揉噹噹後，她換上了制服，準備到樓下的大廳受訓。

「這個是蠟。」張筠婷向她介紹許多工作上會使用的工具，「平常我們會用蠟修補遺體，所以需要常常用雕塑練習，這個妳也要試著做，如果出現了傷口或萎縮的遺體需要修補，才能夠馬上處理。」

介紹完工具之後，張筠婷說：「進行遺體修復和化妝的案子時可以穿便服，因爲我們外面都會套上隔離衣，但如果是去參加告別式，就要穿這套黑色的制服。」

「好的。」顧念說。

「妳等一下跟我們一起參加一場告別式，我們公司的規模小，所以要兼任遞茶水、衛生紙，還有安排動線、搬運花籃之類的工作。雖然繁瑣，但比起遺體的修復整理，要簡單得多。」張筠婷看了看手錶，「妳現在還是實習生，需要多跟幾個案子之後才能夠獨立作業，所以最近先跟著我。」

「好的。」除了乖乖應聲，顧念也說不出其他的話。

「平常小老闆許崇霖會發工作訊息給我們，通知地點、時間和相關資料，所以手機要一直開著通知，隨時應變各種狀況。」張筠婷把工具放到車裡，這時有穿著同樣制服的人走了過來，她打過招呼後，又回過身向顧念強調道：「記住，不能遲到，公司這邊會準時發車，如果妳從別的地方趕過去殯儀館也是一樣，絕對不可以遲到。」

「好。」顧念點點頭，對於本來就習慣提早到的她，這點並不是那麼困難。

休旅車一共坐了六位同仁，許多同事看她是新人都很好奇，便問道：「怎麼會想來當遺體化妝師？」

「爲了錢……」顧念老實回答。

「希望妳能撐久一點，這份工作的流動率很高。」一旁身形高大的男人說。

果然如此，這份工作確實不容易，如果要得到這份薪水優渥的工作，勢必就要付出相對程度的努力。

「那妳跟子翼哥是什麼關係？」一個年紀較輕、個子滿高的金髮女孩對顧念露出笑容，「就算是債務關係，他平常也不會輕易去幫助債務人，是不是看上妳啦？」

這個問題太直接了，她不太會回答，只能尷尬地笑。

「郭丹琪，妳別煩她了。」話說完，張筠婷又轉身對顧念說：「丹琪和妳的年紀應該比較接近，她二十四歲，剛畢業，妳不要跟她計較，她只是很喜歡紀子翼而已。」

喔，原來如此。顧念看著眼前這個叫郭丹琪的女孩，對方有一張漂亮的面容，一頭金色加上桃紅色耳圈染的頭髮，雖然說話有點沒氣質，但也相當青春可愛。

「如果子翼哥喜歡這個類型的，我也要去把頭髮染黑。」郭丹琪笑著說。

「不過，爲什麼紀子翼不是姓許啊？」顧念吶吶地問道。

「因爲他算是養子。」張筠婷遲疑了一下後，便開始解釋：「蓮祐是紀子翼的父母和許家夫婦年輕時一同創立的公司，後來紀子翼的爸爸和媽媽因爲一起意外過世了，所以紀子翼也就被許家收養了。」

「不過許家人真的很疼愛他，把他當成自己的兒子一樣照顧。就算子翼哥年輕的時候不學無術，個性又頑劣，老闆娘還是不願放棄他。」一旁的男同事說。

顧念忽然想起，自己曾經問過紀子翼，有沒有遇過靈異事件，當時紀子翼說「如果有，我就能夠知道他們在想什麼了」，她還記得，紀子翼在回答時，看起來有些悲傷。

或許那時候他想的不是他曾經手過的往生者，而是自己的父母嗎？

她又想到昨天紀子翼抓著掃把，和老闆娘轉圈圈的模樣，忍不住覺得這對母子很可愛。

紀子翼雖然是在充滿關愛的環境下長大，但想起自己早逝的父母，也是會覺得可惜與寂寞吧。

家家有本難念的經，這個年紀的人，也總會有一點自己的故事。

✦

到了會場，許崇霖已經在那邊等候了。點完名後，他便開始分配工作。

「顧念，妳和丹琪先一起去搬花圈和花籃，然後清潔大廳旁的走道，之後再到門口迎接家屬。」

於是顧念和郭丹琪先是站在門口等待，等到裝著花圈、花籃的車到了，郭丹琪便告訴顧念，該如何擺放花圈、花籃。待兩人擺放好，也將走道打掃乾淨，才回到門口等候家屬。

「妳是台北人嗎？」郭丹琪在顧念旁邊晃來晃去，果然有點像太妹。

「桃園人。」

「雖然離竹東不遠，但也是有一段距離，妳怎麼會想來這邊工作？」郭丹琪笑著問：「妳跟子翼哥到底什麼關係？」

「眞的沒關係。」顧念對郭丹琪唐突的提問感到有些不舒服，但還是好好地解釋：「我朋友欠債，我被陷害當保人，就這樣……」

「當保人？」郭丹琪瞠目結舌，「妳感覺不像笨蛋啊，怎麼會這麼蠢？」

顧念表情複雜，不打算回答，這時候許崇霖走了過來，「郭丹琪，妳是不是吃飽太閒？」

「沒有啊。」

「妳講話沒輕沒重的，連尊重人都不懂，我要怎麼讓妳做事？」許崇霖的表情冷冷的，雖然語氣不重，內容卻很嚴肅。

「對不起嘛，下次不敢了。」郭丹琪仍然嘻皮笑臉地回答。

「妳去看看後台筠婷姐那邊有沒有需要幫忙的。」許崇霖對郭丹琪說，接著低頭看向手中的表格，抽了一張給顧念，「新人，這是座位表，等家屬聯絡人來了，妳要跟她核對，之後負責帶位。」

「好的……」顧念點點頭。

沒多久，家屬聯絡人到了。許崇霖先是帶著家屬聯絡人試放投影片，接著再告訴她座位的安排。

此時家屬接連到場，顧念便和家屬聯絡人確認進場的順序和開始帶位。不到半個小時，整個廳室已經坐滿了人。

芝蘭廳不是這間公家殯儀館最大的廳室，但座位也有好幾百個，因爲近期疫情趨緩，這場告別式並沒有採用梅花座的方式，而爲了保持室內的空氣流通，窗戶幾乎都是開著的。

肅穆的佛樂，成爲家屬哭泣時的背景。顧念和郭丹琪跟著張筠婷的指示，上前安慰家屬，並遞給他們衛生紙。

哭聲此起彼落，很感人、很傷心，卻也很煽情。在播放家屬製作的投影片與致詞的時候，衛生紙用得最多。

但煽情也無妨，煽情能讓家屬宣洩情緒，好好地以眼淚紀念往生者，讓往生者得以安息，也讓活著的人得到安慰，許崇霖是這樣說的。

安慰別離時的難受，成了這場典禮的主旨。過世的人已經過世，活著的人還要繼續努力活下去。

顧念因爲擔任過新娘祕書的關係，參加過許多場婚禮，看過各種不同文化、風格的婚禮，她記得人們的臉上總是洋溢著滿滿的幸福感，而她自己也是因爲喜歡看到人們笑，所以才喜歡擔任新娘祕書。

而在喪禮上，她看著家屬哭泣的模樣，會覺得難受，但是當她明白，這場哀傷的儀式是宣洩也是安慰的時候，便理解了喪禮的重要。

透過喪禮，家屬能夠有個機會聚在一起，一起紀念往生者的種種，也互相撫慰，這是一件多麼重要的事。

重點是，要學習離別、學習放下，因爲就算難以接受，這一切都還是會發生。

結束了一場典禮，顧念覺得自己學到了好多，雖然不知道自己的想法是否正確，但她對於這份職業有更多的肯定。

「我來晚了嗎？」紀子翼騎著一台漂亮的重型機車姍姍來遲，他們已經整理得差不多了，準備要回公司。

「這時間你來幹麼？」許崇霖將剩下的工具放回車裡。

「子翼哥！」郭丹琪很開心地衝上前，「我要坐子翼哥的車！」

「我不回公司，顧念的車寄到車行來了，我載她去取。」紀子翼一點也不客氣地說：「下車，丹琪。」

「吼。子翼哥不是眞的喜歡那個新人吧？」郭丹琪不滿地下車。

「喜歡什麼啊？新人是來幫忙大家的，妳別嚇走人家。」紀子翼說。

顧念原本在一旁搬花，搬到一半又被叫出去，便聽到了郭丹琪和紀子翼的對話。這時她已經走入兩人的視線中，也只能不好意思地向他們微微點頭。

「上車吧，正妹！」紀子翼笑著拍拍後座。

「我去……跟筠婷姐說聲……」

「不必，妳直接去取車吧。」許崇霖揮揮手，伸手抓住郭丹琪，「妳給我過來！不好好搬東西，就知道偷懶！」

「放手啊……我就知道子翼哥看她正，喜歡她！」郭丹琪被許崇霖抓住，卻還是努力掙扎道：「我也要去……」

✦

紀子翼騎著重機，載著顧念飛快地穿梭在小路之間，這裡除了比較繁榮的幾條街區之外，多半都是山林田野，許多路口都沒有紅綠燈，但這也不影響紀子翼飆車的速度，他繼續乘著風奔馳。

風冷颼颼地從耳邊颳過，這車速讓顧念有好幾次覺得自己好像快要死掉。她恐懼地抓住機車後頭的把手，紀子翼騎得實在太快，她只能閉上眼睛，把尖叫努力含在嘴裡，一路忍耐到目的地。

到了機車行，顧念下車後就感覺自己的腿軟得幾乎站不直。

「還沒問妳呢！今天工作的感覺怎麼樣？」紀子翼一邊拿下安全帽，一邊笑道。

顧念點點頭，嘗試緩了下自己的呼吸，「我學到很多。」

「那就好，好好做！有什麼不會的都可以問。」紀子翼對著車行喊了聲：「阿強！顧小姐來領車了！」

「來了，你同事啊？」車行老闆笑著帶顧念去店裡簽名、付錢。

「是啊，剛辦完告別式，正好騎車回家。」紀子翼很大聲地說，引來一旁小吃攤的客人側目。

顧念這時候才注意到，一旁在小吃攤用餐的客人，竟然正斜眼看著她的制服。是因爲一身黑看起來很特別？還是因爲禮儀公司這個名字呢？

等顧念轉身之後，原本落在她身上的眼神才一一收了回去。

手續處理到一定程度，紀子翼看顧念已經在牽車了，他便戴上了安全帽，準備走了。「記得回去的路嗎？」

「不記得。」顧念搖搖頭，但也不敢叫紀子翼等她。

「前面左轉正義路，右轉中山路，然後一路直走，經過范家古厝旁邊的大石頭，再從那邊的小巷子右轉，就會到公司啦！」紀子翼講得很容易，但她聽得很模糊。

「等……」顧念才想著要用手機記下來，紀子翼就一溜煙地騎走了。她只好打開手機的Google Map，幸好公司的位置算是顯眼，這邊的山區路線也不複雜，慢慢找應該可以找到。

「來，妹妹，我跟妳說吧。」這時候車行的老闆，也就是剛才紀子翼叫他阿強的中年男子，笑著走了過來。「Google Map會讓妳走產業道路，那裡很危險，都是砂石車。妳就出去之後，過了前面的紅綠燈後左轉，走有全家超商的那條路，看到全聯那個路口之後，右轉中山路。」

「謝謝……」記下車行老闆所說的話之後，顧念準備出發，轉身卻看到一個十歲左右的小男孩坐在她的機車上。

小男孩低頭抓著機車的龍頭，嘴上還發出轟轟的吼聲，假裝自己在騎車。是老闆的兒子嗎？

顧念走了過去，正打算開口的時候，渾身突然竄出一陣冰涼感，還帶著淡淡的石灰味道，使顧念遲疑了一下。

「姐姐，妳的安全帽鬆了。」小男孩抬頭對著顧念說道，臉上漾著友善天眞的笑容，「我們家有賣這個的零件，去換一下吧，不然很危險喔。」

顧念本來絲毫不在意，但想著這也是小男孩的一番好意，因此笑著點點頭，拿下了自己的安全帽，轉身問老闆：「老闆，請問一下，這個安全帽的扣環壞掉了，有零件可以換嗎？」

「有啊，妳等一下，我拿一個給妳換，這樣是五十元。」老闆打開櫃子，找到零件後，替顧念換上。

顧念回到機車旁，想和剛才的小男孩道謝，卻發現他已經不見了。

他應該是老闆的兒子吧？不知道跑去哪裡玩了。

當她收好了東西，打算騎車出發時，那個小男孩又突然出現在她的面前。

剛剛他明明不在這裡，是從哪裡冒出來的？顧念感到疑惑。

「慢慢騎喔，姐姐。」男孩笑道。

「好的，謝謝。」

要騎走的時候，她聽到那個小男孩說：「不要像我一樣，惹爸爸傷心。」

不要像他一樣，什麼意思？顧念感到困惑，回頭想要看看那個小男孩，但他竟又消失了，不見蹤影。顧念雖然覺得奇怪，卻還是決定先回公司。

因爲不熟路，她騎得很慢，還問了路人，但是對方看了一眼自己的制服後，便搖搖手走了。

她其實可以理解那些人的想法，因爲幾個禮拜前，對於這份工作，顧念也覺得陌生又害怕。只不過當這些眼神落在自己身上時，果然還是很難受。

最後她花了快要三十分鐘才到公司，大家都已經在吃飯了。

「遲到了！」紀子翼還好意思笑她，「坐這，給妳留了一顆蛋！」

「都是你丟下我，還說……」她趕緊洗洗手坐下，跟老闆、老闆娘道了歉。

他們只是笑著揮揮手，一點都不在意。

「妳是在路上被搭訕？怎麼那麼慢？」

「沒有，迷路而已，還有跟車行老闆的兒子聊天……」

本來還笑著的紀子翼表情微微一變，他驚訝地問：「……老闆的兒子？」

「嗯。怎麼了？」顧念看了他一眼。

「沒事沒事，快吃吧，菜都涼了。」紀子翼愣了半晌，也沒解釋，只是催促她趕快吃飯。

第三章

開始工作不到兩週的時間，顧念便慢慢接下往生者的案子。她在張筠婷的幫助下練習了許多次，又跟著幾個學長姐一起實際操作了幾次，所以對於所有的流程都已經駕輕就熟。

顧念以前做新祕的時候，留著一頭長髮，每天都會用電捲棒做造型，有時捲有時直；如今她只用一條橡皮筋，將頭髮綁成馬尾，臉上更是乾淨，不施一點脂粉。她原本還會做光療指甲，現在更是一一剪去。

用這樣的面貌面對遺體，是對往生者的禮貌，也是對生命的重視。

「您好，我是蓮祐禮儀的顧念，今天爲您服務。」

闔上往生者的眼睛與嘴巴後，顧念開始替往生者更換衣服。脫衣和穿衣算是工作中最辛苦的，因爲要耗費很大的力氣，找不到角度的話，就只是在抱著沉重的往生者瞎忙。

一開始接觸到遺體時的恐懼感，漸漸地被想要把事情做好的勝負欲與責任感給取代。

顧念看著自己雜亂無章又笨拙的模樣，總覺得像是在跳很奇特的雙人舞。要是往生者還在，一定會取笑她吧。

一旁的學姐幫顧念喬好姿勢後，給了她一些建議。

脫下往生者的衣服後，要開始清潔遺體，公司選用的沐浴乳非常高級，沐浴乳的香味讓她感覺好一些。遺體的味道多半不重，就像是剛出冷凍庫的生肉，但她也知道，有些往生者如果是因爲車禍或其他意外而死的，味道就不是這樣了。

遲早都會接觸到的，顧念只能希望自己盡快做好面對這一切的心理準備。

「幫您擦乾喔。」

皮囊經過歲月的摧殘變得鬆弛，毫無彈性。遺體解凍之後，毛細孔會出水，所以她需要先替遺體刷上有著丙酮成分的收斂水，這樣才能夠保持妝容完整，也方便作業。

顧念一邊工作一邊想，往生者的一生無論是平淡的還是精采的，最後都得畫下句點。人生不是小說，能夠有準確的起承轉合，人的一生有太多的意外、悲涼和遺憾。

顧念接著進行簡單的按摩，這可以讓鬆弛的皮膚更好地塑形，也能讓妝感更加服貼。按摩完，她爲往生者穿好了家屬準備的壽衣，開始最後的化妝部分。

與其說是化妝，顧念覺得更像是在畫畫。

沒有亮粉閃鑽，沒有五顏六色的選擇，只有夕陽色調的顏料。她用刷子輕輕沾上顏色，緩緩塗抹在往生者蒼白暗沉的皮膚上。

每個往生者的皮膚狀態都不同，有的暗青，有的淺綠，有的泛著魚肚白的淺灰，有的甚至塌陷變黑。

顧念對照著這位往生者生前的照片，努力還原，她想透過手中的工具，讓家屬能夠見到他最後、也是最好的一面。

「您的技術眞好，化得非常自然，我爸看起來就像是睡著一樣！」家屬的誇獎和感謝，對顧念來說，就是最好的回饋了。

結束了今天的案子，她脫下隔離衣，準備要回辦公室完成剩下的交接處理，卻被站在門口的許崇霖叫住。

「顧念，辛苦了。」許崇霖喊住她，帶著不冷不熱的微笑，「有空嗎？我們附近聊聊。」

兩人走到一旁的樹下，許崇霖給了顧念一瓶飲料，順便問了她工作近況：「妳已經做差不多半個月了，經手了超過三十具遺體，雖然還沒有證照，也需要其他的學長、學姐確認和收尾，但也算能夠獨立作業了，目前都還適應嗎？」

「是的，還算適應。」

「不害怕嗎？」

「一開始很怕……但後來就有點習慣了。」顧念回答。

「那麼這幾天，可能會開始分配比較可怕的案子給妳，妳不用擔心，大多都是多人作業，不會由妳一個人負責。」許崇霖說。

「好，我知道了。」顧念沒有拒絕。

「不用怕，他們也是人，只是換了一種方式存在。都最後了，我們能夠給予的就是讓他們留有尊嚴，安心地走。」許崇霖平日多半不苟言笑，有些距離感，但這時候說出來的話卻讓人感到十分溫暖。

「我知道了。」

「另外，我有件事要麻煩妳。」

「是？」

「妳知道我哥最近的行蹤嗎？我媽很擔心他，妳能不能幫我勸他，讓他不要再去阿達那邊的地下錢莊，替阿達討錢了。」許崇霖說。

「但是……」其實她不知道紀子翼平常會去哪裡，平時她上班、下班，也很少見到他。

「他以前經常打架鬧事，現在雖然好點了，卻也常常往阿達家去，幫忙討債或是圍事。」許崇霖的表情有些難受，看得出來他非常關心紀子翼。

「阿達是誰？」

「算是兄弟吧。他們的爸爸年輕的時候曾經一起混幫派，阿達的父母死後，我哥自然就認爲自己要照顧沒有父母的阿達，所以才經常去幫忙。阿達才十八歲，也曾被我哥帶來蓮祐，但是不肯好好做，放棄了。」

「原來如此……」顧念微微皺眉，正想說什麼的時候，許崇霖打斷了她。

「我哥不太會拒絕人，妳只要多拖住他，讓他不要經常去打架鬧事就好了，畢竟我們工作忙，沒時間多照顧他。」

話說到這分上，顧念也很難拒絕，於是點點頭答應了。

雖然答應了，但其實顧念也很難知道紀子翼的行程，只能偶爾去打擾他，讓他幫忙而已。

「燈泡壞了？行啊，是廁所的燈泡還是房間的？」紀子翼睡眼惺忪地打開房門，房裡充斥著淡淡的菸味，但看起來比想像得要整潔一些。

「廁所的。」

「好啊，那我等等去買燈泡幫妳換。」紀子翼沒有多想，馬上就答應了。

「啊，我買好了。梯子也拿好了，就放在房間門口。」顧念說。

「所以妳怕高？」紀子翼哈哈大笑，跟著顧念走到她的房間，「真看不出來，妳明明連遺體都不怕！」

「怕啊。」顧念小聲地說。

接過她手中的燈泡，紀子翼開始替她更換，「最近工作怎麼樣？我看我弟挺看好妳的，看來妳應該做得很順利？」

「嗯，還行。」

「照這樣下去，不出兩年妳就能還完錢，也能早早回桃園找喜歡的工作了。」他笑著換好燈泡，「開燈吧。」

顧念開了燈，燈泡也順利亮起，果然修好了。

紀子翼爬下梯子時，他和顧念的手機同時響起了訊息的通知聲。

因為隨時都有可能要上工，所以他們的手機一直都開著聲音，但紀子翼身為公司少東，平時幾乎不用上班，因此也鮮少收到有關工作的通知。

此刻他們同時收到訊息，代表一定出了很嚴重的事。

「糟糕。」紀子翼搖搖頭，看來已經有所預感，他打開手機查看，果然是通知全體出發的訊息，「走吧，上班了。」

「喔？」顧念還沒搞清楚狀況，就被紀子翼拎著領口，準備出門。

顧念和紀子翼趕到了停車場，發現幾乎所有當天有排班的人都在。

許崇霖安排了幾個男性禮儀師駕駛汽車，一行人一起出發前往殯儀館。

「是早上的連環車禍，這之中還有載滿人的客運，因爲窗戶破碎的緣故，許多人被甩到窗外，之後還被後車輾過，所以死傷慘重。」許崇霖開始解說現在的情況，「目前接獲通知，這場車禍有十六死，有十二具遺體送到這邊的殯儀館，我們負責其中六具。」

「狀況呢？」有位禮儀師問道。

「兩具還行，剩下的都很慘。」許崇霖嘆了口氣，「顧念，妳今天不要勉強自己，跟著我哥，他會照顧妳。」

「是。」顧念點點頭，看了紀子翼一眼，他收起平常吊兒郎當的態度，只是低頭看著手機。看來狀況眞的很嚴重，害得顧念也忍不住爲了等一下可能要見到的畫面而感到緊張。

「郭丹琪呢？」這時候許崇霖發現少了人，「她死哪去了？」

「她……應該會自己到場。」張筠婷說。

「希望如此。」許崇霖淡淡地說，沒有發脾氣。

來到殯儀館，許崇霖開始分配大家的工作，「筠婷姐、婉清，妳們負責三二二〇一，姓名劉逸文，二十九歲。小朱、家豪、潤南，你們負責二一〇〇四，姓名陳偉達，四十二歲。資料都傳到手機裡了，你們記得再確認一次。」

換好了衣服，找到了負責的遺體，顧念、紀子翼和另外一名同事阿壯，一同將遺體運送至遺體化妝室。

平時化妝室就需要等候，常常一天就有十幾二十單要處理，而遇上了嚴重事件，走廊上更是排得滿滿的，到處都是家屬的哭聲。

今天因爲人特別多，氣氛自然就特別可怕，顧念感覺自己的心跳如擂鼓，好像隨時都會因爲緊張和恐懼而哭出來。

「您好，我是蓮祐禮儀的紀子翼，今天爲您服務。」報上名字，打開白布的瞬間，顧念便愣住了。

這位往生者的年紀很大，白髮蒼蒼，但滿頭白髮都被血染成紅色，整個人也被撞得血肉模糊，根本分不清楚哪裡是哪裡了，不只找不到頭顱的位置，連臟器都到處外露。

血腥味好重。顧念強迫自己走上前，卻忍不住微微顫抖，差點沒吐出來。

紀子翼將正在乾嘔的顧念拉到身後，「妳在後面看著。」

「對不起……」走廊外傳來陣陣哭聲，家屬正等著他們的家人。顧念開始怪罪自己，都工作這麼久了，卻一點用處也沒有，竟然因爲這樣就嚇得半死。

「沒有人會對這個畫面免疫，妳不必責怪自己。」阿壯學長拍了拍她後，便走向前，「子翼哥，從這邊開始吧。」

紀子翼先確認傷口的位置和情況，剪開破掉的深藍色上衣與黑色長褲，慢慢清洗帶著塵沙的傷口。臟器多半都碎裂了，只能切除，他們取出碎裂斷掉的骨頭，進行拼整固定，太過細碎的也只能用強力膠、電鑽或黏土固定。

「這兩截是大腿骨，妳替我黏在一起，可以嗎？」阿壯問。

顧念點點頭，接過了這個任務。她距離往生者的臉稍微遠了些，所以即使血腥，也不會感到那麼害怕。

這個動作繁瑣而漫長，遺體裡頭還有細沙和碎玻璃，光是清洗遺體、處理臟器，還有接合骨頭，就耗費了八、九個小時。

因爲恐懼與緊張，顧念滿身大汗，感覺隔離衣內的自己像泡在水裡似的。

接下來是縫合與修復外表。

因爲遺體內臟缺損嚴重，他們只能往身體裡塞進許多棉花和矽膠，將原本的皮肉支撐起來，讓遺體看起來澎潤一些。

往生者臉部的頭骨也嚴重變形，幾乎已經無法還原原本的長相了。紀子翼替這位往生者戴上矽膠材質的面罩，用縫補的方式將傷口處理好後，再用蠟糊上傷口遮掩。他一邊對照著家屬傳來的往生者照片，一邊重新塑形。

套上矽膠和蠟之後，往生者的面容看起來比較不恐怖了，面部的處理和化妝本就是顧念比較擅長的領域，看著阿壯和紀子翼忙得如此疲憊，一旁站著的顧念便自告奮勇地說：「這部分讓我來吧！」

「可以嗎？」紀子翼問道：「阿壯，你那邊呢？」

「我也差不多了。」阿壯負責的四肢也已經縫合完成。

「你們休息一下吧，去喝點水什麼的，臉部的塑形和化妝就先交給我。」顧念說。

「好，妳辛苦了。」紀子翼說。

兩人出去之後，顧念這才坐下來，仔細看著剛才家屬傳來的照片，認眞地研究角度。

顧念將手中的蠟揉一揉，輕輕朝往生者的鼻子上推。

「鼻子要幫我墊高一點喔。」突然，一道幽幽的聲音傳進她的耳朵裡。

顧念被嚇得抖了一下，起初還以爲是自己聽錯了，接著便感覺渾身一陣冰涼，空氣裡飄著淡淡的石灰味道。

正當顧念感到納悶的時候，忽然發現身邊居然站著一個人。

對方是個人沒錯，是這個人在對她說話嗎？

那個人身穿深藍色的上衣和黑色長褲，臉上戴著一張面具。顧念馬上想起剛才紀子翼親手剪碎的往生者的衣服，就是這個配色。

顧念瞬間腿軟，跌坐在冰涼的地板上。

該死……是往生者、是往生者……見鬼了、見鬼了！顧念幾乎忘記呼吸，趴在地上連連磕頭，不斷地道歉：「對不起、對不起……冒犯了……我我我不是故意……」

「抱歉，嚇到妳了。」那張面具底下是個老奶奶，她笑得有些抱歉，一點都沒有生氣的樣子，「我只是想看看妳會做成怎樣的，抱歉啊。」

老奶奶說完話後，化妝室恢復一片安靜，顧念再抬起頭的時候，那個老奶奶已經不見蹤影了。

見鬼了，的確是見鬼了。顧念顫抖地爬起身，看著眼前老奶奶的遺體，忍不住退後了兩步。

不行，她要做。紀子翼和阿壯已經忙了將近十個小時了，他們需要好好休息。況且就算周圍的氣溫保持寒冷，也不能保證十二個小時後，遺體會不會有塌陷之類的變化。

顧念深呼吸，小心翼翼地雕塑著手上的蠟，朝往生者的鼻尖推，牙齒不爭氣地在口中不斷發顫，互相碰撞。

就在極度恐懼與驚慌之下，顧念花了二十分鐘，才總算找回了自己原本的心跳和呼吸節奏，緩慢地完成了修復。

一路到上妝的程序，那位老奶奶都沒有再出現。

剛才光顧著害怕了，顧念沒來得及跟老奶奶說話，不知道她對於修復的結果是否滿意？

而且爲什麼在修復的過程中，老奶奶都沒有出現，卻在她一個人待著的時候才現身？難道這位老奶奶有什麼話想說？

沒能把握機會和老奶奶說話，顧念不禁覺得有些可惜。

出發來到殯儀館是早上十點半，結束的時候都已經半夜了。顧念累癱在更衣室的長椅上，幾乎動彈不得。

紀子翼和阿壯沒有離開，只是在門外找個地方喝水而已。他們居然等了她三個多小時，這讓顧念有些不好意思。

「辛苦了，家屬看過遺容了，說沒問題，剩下的交由業務處理吧。」紀子翼遞了一杯水給顧念，「餓了嗎？我帶你們去吃飯。」

又驚又怕地連續工作了十幾個小時，顧念其實又餓又累，但是答應了紀子翼後，又立即後悔了。

他們走到街上的小吃攤，面對眼前的飯菜，顧念忍不住想起剛才看到的畫面，便什麼也吃不下了。

阿壯和紀子翼狼吞虎嚥地吃著炒麵和滷味，而顧念只能頻頻喝水。

「我的還是……帶回去吃吧……！」

「放輕鬆，以第一次來說，妳做得非常好了。」阿壯學長笑著安慰她，「是不是，子翼哥？」

「嗯。」紀子翼笑道：「我說對了吧，妳果然很適合這份工作。」

顧念心不在焉地點點頭，滿腦子都是剛才那位老奶奶的事，但是她不敢說，就怕會有什麼忌諱。反正事情也做完了，就當什麼都沒有發生過吧。

小吃攤的老闆大概是知道他們是禮儀公司的人，不斷回頭看向他們，表情還有些嫌棄。

顧念才剛覺得有點不舒服，回頭紀子翼就敲了她腦袋一下，「看什麼，別理他們。」

人們厭惡又恐懼的眼神這麼明顯，紀子翼當然也是知道的。

✦

到了晚上，顧念睡不著了。

她一閉上眼睛，便想起今天的各種畫面，依然膽顫心驚。她翻身再翻身，把噹噹吵醒了幾回。後來噹噹索性不睡了，在書桌上走來走去。

突然，噹噹叫了兩聲，牠平常不太愛叫的，頂多有些呼嚕聲，但這兩聲卻叫得有點大聲。

顧念起身，原本是想叫噹噹小聲點，卻意外看到了房間裡站著的身影。一樣的冰涼氣息，還有淡淡的石灰味。

眼前的人穿著深藍色上衣、黑色長褲，還戴著面具。是今天的往生者——陳水仙老奶奶。

顧念嚇了一跳，趕緊閉上眼睛，把棉被蓋過頭頂，全身顫抖不已，「對不起、對不起……」

「妹妹，妳睡了嗎？」老奶奶說話了，「對不起……我不是故意要嚇妳。」

老奶奶一定是有所求才會來的，顧念知道這點，但是她還是害怕得全身發抖，「爲什麼……爲什麼……要來找我……」

「對不起，我需要有人幫忙，但是卻一點辦法都沒有，妳能不能幫我？」

老奶奶煩惱的話語，讓她產生了惻隱之心，但是她還是害怕，不停地說：「不是找我報仇嗎……不是我害您死的……不是我……」

「我當然知道不是妳，不要怕，我不會害妳。」老奶奶笑了起來，說話有著客家腔調的鼻音，「我已經八十二歲了，活到這個歲數，因爲什麼理由死的都不奇怪，妹妹。」

顧念緩慢坐起，還是遮著臉，不敢直視老奶奶，「……您需要我做什麼呢？」

「我住在關西街上的一間小套房，我出了車禍後，我兒子和媳婦找人去清理了，我怕他們把重要的東西丟掉。」老奶奶說。

「什麼重要的東西？」

「一個裝有全家福的相框，相框後面有一份位於台中市的房子的房屋權狀書，這很重要……」老奶奶有些煩惱和緊張，「但是我兒子俊傑不知道……我想要通知他……」

「他丟了？」顧念皺起眉頭，「所以處理掉了嗎？」

老奶奶搖搖頭，「俊傑找了整理遺物的人，去那邊找值錢的東西。那些人把相框和照片整理成一箱，打算要給俊傑，但我就怕他不知道嚴重性……會把照片隨便丟，妳能不能……幫我告訴他？」

「奶奶……現在上網就可以查到往生者的所有財產了，我相信您的兒子也會去查的。」顧念想了一下。

「那可不行，查了之後，我弟弟和俊傑的姐姐都會來搶……我只想要留給俊傑。」老奶奶回答。

「不對啊，您都八十二歲了，您的兒子爲什麼還讓您一個人住？」顧念終於察覺其中的不對勁。

「就……」老奶奶一時語塞，「俊傑和他太太兩個人在台北……偶爾……偶爾也會來看我……」

面對這樣對自己不聞不問的兒女，老奶奶竟然還想要送他地契？

「俊傑很孝順……他每年都會給我紅包……」老奶奶想解釋，卻也講不出個所以然，「但是他們工作很忙……這回我也是想上台北給他們送點東西……不巧碰到車禍……」

顧念這才想起，老奶奶過世的事，全程都是交給禮儀公司的業務處理，遺容的確認也是透過LINE看照片，家屬本人根本沒有出現在殯儀館過。

自己的媽媽因為意外過世，身為兒子卻不出面，他的工作還真辛苦。顧念很是氣憤，但老奶奶看起來卻絲毫不在意，還想要把財產留給他。

顧念看著老奶奶，緊張地還想要多說些什麼，雖然她的心裡覺得難受，但那終究是別人的家務事，就算她看不過去，也不能主動勸說。「好吧。」

「眞的嗎？」

「明天還要上班，我先聯絡業務，看能不能跟您兒子本人確認。但我眞的不能保證一定能辦好喔，照理來說，我們是不能隨便聯絡客戶的……」

顧念心想，要是她主動說老奶奶託夢給她，告訴她相片後面有房屋權狀書，聽在家屬的耳裡，應該也很奇怪吧？

經過這幾個禮拜，顧念已經知道自己的工作並不受歡迎。這樣的舉動，恐怕也只會讓人感到害怕，但是她能不做嗎？

「謝謝妳，謝謝妳啊！妹妹，妳人眞好。」老奶奶很開心地說。

顧念抬頭看了一眼老奶奶，原有的恐懼幾乎全都消逝了，只有微微的心疼。她想提醒老奶奶，讓她不要因爲兒子的行爲而受到太多的傷害，但看著老奶奶喜悅的模樣，她也不好再說什麼。

奶奶消失後，顧念這才躺下，嘗試入睡。

本來以爲發生這種事，她會睡不著，但沒想到自己好像被疲憊和緊張的釋放淹沒一般，沉入睡眠的海底，一夜無夢。

顧念醒來時，時間已來到早上九點多。

許崇霖發了訊息來，「今天放妳一天假，妳就好好休息吧。」

賺到一天假的顧念，想到昨晚老奶奶的託付，便想著要聯絡業務。

昨天是透過紀子翼聯繫業務的，於是顧念起床後便直接去找紀子翼，卻發現他不在宿舍，只好傳訊息給他。

沒想到紀子翼說他在阿達那裡，下午才要回去。

「我需要跟陳水仙老奶奶的業務聯繫，能不能給我電話？」顧念傳了訊息，但是紀子翼一直沒有回應。

她只好去辦公室找許崇霖，問了阿達那邊的地址，想要去找紀子翼。

「妳一個女孩子家，別去那種地方吧？」許崇霖說。

「……哪種地方？」

原來阿達在經營地下錢莊和當舖的黑道底下工作。他們以電玩撞球店作爲掩護，實則在裡面經營當舖。那裡不太安全，到處都是刺龍刺虎的兄弟，相當可怕。

「可是……我聯絡不上他，我想要知道昨天某個客戶的業務的電話。」顧念說。

「發生什麼事了？」許崇霖問。

該跟他說嗎？顧念才猶豫了三秒，許崇霖便放棄刨根問底，改口說：「我有業務的電話，是哪個客戶？」

「陳水仙女士，昨天連環車禍的一位老奶奶。」

許崇霖坐在電腦前找了一會，很快就找到了業務的聯絡方式，「我把資料傳給妳了，去吧。」

「謝謝小老闆。」顧念沒想到許崇霖居然願意協助她。道完謝後，便轉身聯絡這位業務。

「喔，妳說吳俊傑嘛，有啊，他已經付完全款了，今天火化後，我會直接將骨灰送到陳水仙女士的家中，她的房子也清理得差不多了，遺物整理單位已經將她的遺物整理到一個紙盒裡收著，下午會有人去領，吳俊傑還說要直接賣掉房子。」業務說。

「賣掉？這麼快？」顧念很是意外，「你有家屬的電話嗎？」

「有。」業務猶豫了一會才說：「但是我不能隨便給妳，這是個資，妳懂的。」

「那……你現在在火化場嗎？」

「對，等時間到了，陳女士就要送進去了。」業務不知道顧念想做什麼，「怎麼了？」

「我能夠代替你送到她家去嗎？我有些話想要跟家屬說。」

「妳去也沒意義，吳俊傑未必會出現。」業務嘆了一口氣，「他連房屋的買賣也是透過做房屋仲介的朋友去處理的，根本不想下來新竹，好像這一切跟他無關一樣，明明是從小在這裡長大的，竟這麼狠心。」

果然是這樣無情的人，顧念一點也不意外。

「其實，就算給妳電話，妳也不一定聯絡得上他，昨天都是他主動聯繫我，我打給他，他一律都不接。」

不管情況如何，顧念都得碰碰運氣，於是和業務約好了之後，便獨自騎車前往火化場。

殯儀館的火化場分成三區，每天都有數以萬計的遺體需要火化。在家屬等待區，總是能看到人一批一批地來了又走。來殯儀館不是一件值得開心的事，所以大家也不會久留。

在那裡她看到了業務。

「妳確定要去她家的話，我已經請吳俊傑的房仲朋友幫妳開門了，交了骨灰罈之後妳就可以走了，妳見不到吳俊傑的。」業務說。

「嗯。」顧念點點頭，她知道要見到吳俊傑沒有那麼容易，她只是想要盡力一試而已，如果能夠請那位房仲傳話給家屬也可以。

她得試試看。

火化結束，由殯儀館的人員替骨塊排列成序，裝進骨灰罈裡。業務將骨灰罈交給顧念，「行了，那就交給妳了，結束後傳個訊息通知我。」

「好的。」正準備出發的時候，顧念看見了紀子翼，「你怎麼來了？」

「子翼哥。」業務也認識紀子翼，打了聲招呼後便走了。

「我弟說妳找我，上車吧。」紀子翼替她開了車門，「等等再載妳回來就好。」

上了車，顧念心想，雖然紀子翼是曾經向她討債的流氓，但是在這個陌生的職場上，他也算是唯一一個和自己比較親近的人，於是她猶豫了片刻後，決定告訴他這個祕密。

「我……昨天……見到陳水仙奶奶了。」顧念說。

「嗯。」紀子翼不是太意外，「也難怪妳會想要見她的家屬，大概是她有所囑託吧？」

「你相信我？」

「上次妳不是說機車行的阿強有個兒子嗎？」紀子翼繼續說下去，「阿強的兒子兩年前死了，他在家門前出的車禍。」

「喔……」所以那天看到的孩子，也是鬼魂？

顧念十分吃驚，因爲那個孩子的存在太過自然，所以她即使存有疑心，卻也沒有仔細思考這件事情。

「所以她說了什麼？」紀子翼好奇地問道。

顧念把昨天晚上的事情一五一十地跟紀子翼說了。

「這兒子也眞討厭，根本對自己的老母不聞不問，老奶奶幹麼非得把房子給他？」紀子翼果然也很不以爲然。

「是吧！」顧念嘆了口氣，抱著冰涼的骨灰罈，輕輕撫摸了兩下，「但是我答應老奶奶了，我不能反悔。」

紀子翼不知道是不是看見了她眞摯的表情，竟也沒有任何勸阻，只是繼續向前開，前往目的地。

到了老奶奶的家，紀子翼在顧念下車前，先攔下了她，「我跟妳說，如果告訴家屬妳看到了什麼，他們可能會不相信，也可能會罵妳瘋子。」

「但是如果我不說的話，我也不知道要怎麼說服對方……」顧念說。

「我不是不讓妳說，只是希望妳說了之後，即使對方不相信，也不要太在意。」紀子翼說。

「嗯……」

「我們這個行業就是這樣，會收到很多感謝，卻從來得不到尊重，妳知道的吧？小吃攤上、街上的路人，總是不想跟我們來往，被遠離、被討厭或被用異樣眼光看待都很正常。不管是否有陰陽眼、是否看得到亡者，我們都是與屍體為伍的人。」

「我知道了。」顧念捧著骨灰罈點點頭。

走到了老奶奶的家門前，兩人等了一下，才看到房仲王先生走過來。他沒有接過骨灰罈，而是讓他們直接放進屋子裡，大概是有所忌諱。

看著房屋內部都已經被清空了，顧念問：「請問已經找人清理過房子了對嗎？那請問遺物整理師有沒有留下老奶奶比較重要的、要留給家屬的東西呢？」

「喔，那個箱子啊，早就扔了。她兒子要我確認裡面有沒有什麼值錢的東西，我看了看，裡頭大多是一些照片，和一支古老的手機，所以她兒子就叫我扔掉了。」王先生說。

「什麼？」顧念非常驚訝，「有一個相框，裡面是全家福的，也扔了？」

見這個女孩這麼激動，王先生皺了皺眉，不能理解她的反應，「不就是一張照片而已……」

照片就是回憶，怎麼會不重要？顧念很不高興，但是也不敢將這些話輕易說出口，只能小聲地說：「相框後面有陳水仙老奶奶要送給兒子的房屋權狀書……」

「真的？」王先生感到很訝異，「可是昨天都丟到垃圾車裡了……」

「那就是活該嘍。」紀子翼倒是直接說出心裡的話，「很多老人家都會把房契、銀行本塞在照片後面，只有孝順的人才會發現，不注重情分的人，當然就得不到了，你不知道嗎？」

紀子翼說的話讓王先生緊張了起來，拿起電話打給鄉鎮單位的清潔隊，想要找回那個相框。

顧念放下骨灰罐，問紀子翼：「你知道遺物整理師整理過後的盒子是什麼顏色的嗎？外型是什麼樣？」

「……妳還真的要幫忙找？不是說他兒子上網也能查到相關資料嗎？」紀子翼翻了個白眼。

「但是我已經答應老奶奶了，我不想辜負她。」顧念說。

聽到顧念這麼說，一旁的王先生也用帶了些許期望的眼神看著紀子翼。

紀子翼攤攤手，「好吧，我問一下。」

他聯絡了清潔隊和環保局，又找了當初整理遺物的遺物整理師，幾個人一起到了垃圾場。

「我當時丟的是回收垃圾……」

紙類、鐵鋁罐、塑膠等回收垃圾，疊成一堆一堆的小山。他們幾個人戴上手套，準備開始翻找。

「你的面子可眞大，要不是我們化妝師被託夢，誰要替一個自己母親死了都不願意回來奔喪的不孝兒子，上垃圾場找東西？」紀子翼說。

「對不起……麻煩你們了……」王先生滿頭大汗，已經打了不知道幾通電話，聽說吳俊傑打算親自趕到現場。

「沒關係……」正想回答的顧念被紀子翼遮住了嘴巴。

「我們的工錢可都貴得很，我們兩個今天休假也就罷了，這幾位遺物整理師可是很忙的。」紀子翼故意說道。

「給……吳先生說了……今天的工錢我們都會給的……」王先生支支吾吾的，不敢閒著，旁邊來幫忙的每個人都很勤奮，沒嫌臭也沒嫌髒，他也就不敢抱怨，只能捏著鼻子到處翻找。

天色漸漸暗了，找了幾個小時，大家也準備要放棄了，幾位遺物整理師因爲還有事情，已經離開了，只剩下紀子翼、顧念和王先生還不肯走。

不一會兒，吳俊傑來了。

吳俊傑長得一表人才，身穿筆挺的西裝。聽說了自己的母親留給他房屋權狀書的事後，便帶著妻兒一同來找。大概是因為在意大眾的眼光，所以他連老奶奶家裡頭的骨灰罈也一併抱了過來，一聲一聲地哭喊著。

「一下就把自己的母親送去火化了，現在是在哭什麼？」紀子翼把話講得很難聽，一點也不在意會不會被家屬聽到。

「你別說了……」顧念推了紀子翼一下，「老奶奶在呢。」

「兒子也是自己寵的，怪誰？」紀子翼陰陽怪氣的。

陳水仙老奶奶戴著面具，站在一旁摀著臉哭泣，顧念不敢多問，不知道老奶奶到底是後悔還是心疼？還是因為見到了兒子，而感到歡喜呢？

或許是哭累了，吳俊傑休息了一陣子之後，見顧念他們還是沒找到相框，便低聲質問顧念：「妳確定這是我媽說的？你們這些人整天見鬼，怎麼可能分辨得那麼清楚？要是找不到的話怎麼辦？妳給我負責！」

顧念被吳俊傑揪住領子，嚇得頻頻口吃。

「少動手動腳！愛找不找隨你！反正損失一棟房子的人是你又不是我們，我們幹麼陪你在這邊浪費時間？」紀子翼將顧念拉到身後，隨意朝吳俊傑一推，就把對方推到垃圾堆裡頭。

「找到了！」不遠處傳來了聲音，「找到了！」

吳俊傑的妻子雙手舉起一個深藍色的紙箱，裡面的確有一堆相片和書本，還有一些玻璃製品，都是老奶奶以前喜歡的收藏品。

吳俊傑連爬帶滾地衝上前，把箱子裡的東西全倒出來，終於找到了那個裝有全家福的咖啡色相框，仔細一摸就能發現，手裡的相框比一般的相框厚了許多，裡面一定藏了什麼。吳俊傑慌張地打開相框後面的開關，拿出那張房屋權狀書。

「阿母啊！」又是一聲驚天動地的哭喊。

顧念和紀子翼翻下垃圾山，準備離開，這時候老奶奶站到了他們的面前，於是顧念拉住了紀子翼，等待老奶奶的反應。

「謝謝妳啊，妹妹。」老奶奶深深鞠躬，「眞的謝謝妳。」

顧念沒有回話，只是稍稍地搖了搖頭，拉著紀子翼繞道走了。

或許紀子翼剛才說得沒有錯，是因爲老奶奶太疼自己的兒子，才會造成這樣的結果，但不管怎樣，她達成了老奶奶的願望，即使結果未必是自己想見到的，但至少是老奶奶本人的心願。

「妳不氣嗎？」紀子翼在發動車子之前問道。

「氣什麼？那是他應得的，也是老奶奶想要的結果。」顧念說。

「妳眞是個好人。」紀子翼搖搖頭，「是我就管他去死了。」

「你也是個好人。」顧念笑了。只憑她一句話，他就來幫忙，陪著她找了好幾個小時，他難道還不是個好人嗎？這個紀子翼，真的跟她想像得不一樣。

「哈哈哈哈，那妳要不要請我吃飯？」紀子翼沒把她說的話放在心上，「我餓死了！」

「但是……我們很臭……先回家吧？」顧念為難地說。

「好吧好吧！臭點怎麼了？」紀子翼豪邁地大笑，笑到整台車都好像在震動，「先帶妳回殯儀館取車，我們再去好好吃一頓！」

車子在黑夜之中緩慢行進，過了二十多分鐘，終於到了殯儀館。

「到啦。」打開了車內的小燈，紀子翼正想要繼續說些什麼的時候，才發現顧念已經睡著了。

看著她的側臉和長長的睫毛，紀子翼收住話安靜了下來，彷彿空氣都一起靜謐了。他沉默地看著顧念，沒有說話，好一會才緩緩地接近她的側臉，唇邊泛出了一抹賊賊的笑意。

「起床啦正妹，睡到流口水，到殯儀館取車啦！」

突然的呼喊嚇得顧念整個人彈了起來。她趕緊抹臉，卻發現嘴角是乾的，

「嗯？沒有啊……」

「騙妳的！清醒了沒？」紀子翼又哈哈大笑，「可以騎車回家了吧？」

「喔……」顧念這才傻傻地點頭下車。

「喂，正妹。」

「嗯？」顧念還沒睡醒，一臉呆愣地看著紀子翼。

「以後若是往生者有什麼事情拜託妳，但妳不知道該怎麼做的，記得要通知我，我會幫忙。」紀子翼笑得很開心。

顧念點點頭，向紀子翼道了謝。

第四章

經過了幾個月的修復與化妝，顧念也累積了不少經驗，已經成爲相當可靠的遺體化妝師了。

這段時間，顧念還是有嘗試聯絡吳慧君，但對方的手機徹底停掉了，原本的美容室現在也已經租給別人開店了。是顧念期待得太多了，還以爲事情會有什麼轉機。

「最近好像沒有看到丹琪，她怎麼不見了？」顧念好奇地問張筠婷。

「丹琪上回不是又遲到嗎，小老闆發了好大的脾氣。」張筠婷尷尬地笑道：「妳知道丹琪就那個脾氣，還嗆小老闆，說覺得遲到沒什麼……」

顧念還記得自己上班的第一天，張筠婷就和她說過，絕對不可以遲到，因爲這邊的殯儀館化妝室經常都是要排隊等待的狀況，所以在業務接洽並排好班次之後，就一定要準時到場，不然有可能會影響後續所有的排程。

郭丹琪大概是年輕氣盛，被罵了之後又氣不過，便跟許崇霖頂嘴了吧。

「結果呢？」

「公司一個月不幫她接單，只領底薪。」張筠婷說。

這懲罰好重，顧念瞠目結舌。公司底薪只有兩萬初，平常都是按照接的案子多寡來分成。

雖然她不太懂薪水是怎麼算的，但每個月交給紀子翼三萬元之後，她還可以領到幾千元的薪水，所以應該是相當豐厚的。

✦

「先幫您脫衣服，我們先清潔身體。」

今天的往生者是前天過世的李長瑋，據說是個酒駕的阿伯，雖然是車禍，但是傷口不多，只要簡單地縫合修補，就可以穿上衣服了。

顧念現在已經可以處理這些傷口了，她俐落地開始爲遺體進行修補。

簡單的縫合後，顧念將縫線的部分用厚實的油質粉底蓋過，因爲待會還會穿上衣服，所以不需要大費周章。

替往生者穿上衣服後，顧念到顏料盤旁邊蹲著調色，調出一個適合往生者，且接近他原本膚色的顏色。

轉過身來準備上色的時候，李長瑋忽然坐起，嚇得顧念差點尖叫出聲。她仔細一看，才發現那是李長瑋的靈魂，他還穿著生前的黑色襯衫和卡其色長褲，身體的顏色也比遺體還要淺一些，沒有雙腳。

這位李伯伯有點大小眼，右邊的眼球微微突出，這樣的長相在稍微年長的中年人身上並不算特別少見，乍看之下有點兇，不過閉上眼之後就看不太出來了。

李長瑋笑著跟她鞠躬，看起來很溫和。

顧念也輕輕點頭回應。接著她小心翼翼地上色，並拍上與氣色吻合的粉底。

李長瑋不說話，只是看著顧念笑。

過了一會，當她處理到一個段落之後，抬頭看向李長瑋，發現對方依然只是盯著她笑。

顧念只好問道：「阿伯……請問有什麼我能夠幫忙的嗎？」

李長瑋點點頭，卻還是不說話，只是一直笑。沒有多久，他便隱沒在牆壁之中離開了。

顧念鎮定地繼續工作，花了一點時間處理李長瑋臉部的顏色。結束後，她到隔壁房間請前輩驗收確認，今天的工作也算是告一段落了。

臨走時，她碰見了在外頭等候的李長瑋的妻子。

她哭得傷心，一邊哭一邊罵，說自己的丈夫生前愛喝酒，吃飯的時候總會多喝幾杯。因爲長年累月的飲酒，所以肝的狀況很不好，身體也越來越差。

李長瑋從事房屋裝潢的工作，最近因身體的關係案子越接越少，影響了生活開銷，但對於這樣的狀況，他本人卻絲毫不在乎，還經常邊喝酒邊開車。

「我早就知道會有這一天……」李長瑋的妻子說。

「請節哀。」顧念安慰李太太，陪她說了好一會的話後，才準備離開。

顧念注意到，李太太說話時會一邊比手勢，像是習慣動作，更像是……手語。

「您怎麼回去呢？」顧念問。

「我坐公車，前面就是公車站。」

顧念仔細觀察，李太太說話的時候，手的動作果然很明顯。如果李太太比的眞的是手語，那麼難道李太太的身邊有聾啞人士？

難道……李長瑋就是那個聾啞人士？這就是他一直沒有跟她說話的原因嗎？

等了幾天後，李長瑋果然又出現了。

某天晚上，顧念正翻來覆去的時候，竟看到李長瑋坐在角落和噹噹玩，嚇得她抖了一下。冷靜下來後，她起身去書桌上拿了幾張白紙和筆，想看看是否可以用書寫的方式來溝通。

噹噹和李長瑋相處得滿好的，雖然畫面很溫馨，但她還是不習慣這些幽魂這麼突然地出現。他們就不能敲敲門或是先說一聲嗎？

李長瑋試著拿起筆，但是手卻怎麼撈都撈不到，只能無奈地笑了笑，幸虧顧念早有準備，她拿出一張大紙，上面有注音符號、英文和數字，用指的就能組成文字，不知道這對於兩人的溝通有沒有幫助。

李長瑋笑了，指著紙張上的注音開始表達，花了將近十分鐘，他才完整地傳達了一句話。

「我撿到一隻狗，牠現在在寵物店，沒有人去領牠。」顧念將記錄在紙張上的句子念了兩遍後，才抬頭看向李長瑋。

顧念把要說的話寫在紙上，「所以，你希望我把狗帶回你家，交給你太太，是嗎？」

李長瑋點頭，把寵物店的店名留給了顧念。

顧念寫下注音，卻還是一知半解，因爲李伯伯沒有寫上聲調，所以她想了好久也不知道到底是哪幾個字，「夠勞般？狗烙班？」

她上網搜尋了一整晚，終於找到一家叫狗老闆的寵物店，位置有點遠，在新竹市市區，距離這裡至少有好幾公里。

因爲騎車過去得花費許多時間，所以顧念只好傳訊息給紀子翼，看看他能不能帶她去。

隔天早上，紀子翼回了電話。經過上次陳水仙老奶奶的事，他現在不太會不接顧念的電話或已讀不回了，這也算是兩人溝通上的一大進步。

「行，妳下班的時候打給我。」

顧念聽到電話那頭傳來吵雜的音樂聲，想起了許崇霖的囑託。

「你又在阿達那邊啊……」

「我替阿達看一下店而已。」紀子翼似乎覺得有點荒唐，笑了笑，「我爸、媽還有我弟就罷了，連妳也要念我？」

「不是，我只是常常找不到你而已……」顧念小聲道。

「想我？妳是不是已經喜歡上我了？眞沒辦法！怎麼大家都喜歡我？長得太帥就是這樣。好啊，我馬上就去殯儀館等妳。」

「才不是……」顧念想要否認，但是也懶得跟他解釋那麼多。怕他不來，只好又改口：「我一會就結束了，再麻煩你。」

「眞沒辦法！」紀子翼得意地哈哈大笑，聽在顧念的耳朵裡有夠刺耳，讓她忍不住翻白眼。

兩個小時後，她換下了隔離衣，收拾東西，走到停車場，果然看到紀子翼站在車旁邊，一臉自以爲很帥氣的表情，「上車吧，正妹！」

「……你很像笨蛋。」顧念終於忍不住吐槽。

「說誰笨蛋？」紀子翼雖然被說，但還是很開心，「喂，妳有沒有發現，妳會吐槽我了！有進步。」

「這是地址，走吧。」顧念說。

「這次是誰？前幾天那個女學生嗎？還是昨天那個阿姨？」紀子翼問。

「都不是。」顧念搖搖頭，接著翻開手裡的手語教材，開始研究，她喃喃自語：「要是我會手語就好了。」

「手語？我會啊。」紀子翼一臉理所當然地說。

「眞的嗎？爲什麼？」

「以前有個老師傅是聾啞人士，我、我弟還有我爸媽爲了要跟他溝通，都有去學。只是他在幾年前退休了，之後自然就用不到了。」紀子翼回答。

「那你今天晚上要不要到我房間來？」

「……講這麼多，結果只是要我去妳房間？這哪需要會手語。」紀子翼果然想歪了，一臉邪惡地道。

「你是白癡嗎……想到哪裡去了！」顧念羞紅了臉想要解釋。

但紀子翼抓到這個可以捉弄她的機會，又怎麼會輕易放過，他捏著她的臉，用極其肉麻的聲音說：「念念，歐巴會好好待妳的，妳放心，絕對不會讓妳痛！」

顧念急忙用全身最大的力氣推開他，支支吾吾地說：「痛你的頭！走開……你危險……好好開車啦！」

「開個玩笑而已，妳怎麼那麼誇張，沒交過男朋友？」

「要……要你管……」

進了寵物店，顧念問店員：「您好，是不是有一位李長瑋先生，在這裡留下了一隻狗，還沒有領回？」

「我看看……」店員查看了一下，「啊！有，一隻黃色的土狗，這隻住好久了，從牠被救來，到傷口痊癒，再到現在，已經住了四個多月。」

「呃……」顧念和紀子翼面面相覷，該不會……

「當然必須結清費用才能走，一天一百五，這樣一萬八喔！這已經是打過折的費用了。」店員算了一下。

「……我先走了。」紀子翼馬上頭也不回地要離開，被顧念一把抓住。

「你別走……我……我跟你借……」顧念說。

「妳負債累累了還借什麼錢？妳就是這麼傻才會當別人的保人！那個阿伯怎麼不自己出，他家人呢？」紀子翼的衣服被拉得好長，但他還是拚命往門口走，「別拉了破產女，衣服破了妳賠！」

顧念只好放開手，轉身問店員：「我可以分期嗎？」

「嗯……你們是李先生的什麼人？」店員妹妹禮貌地問。

「我們是禮儀公司的，剛好經手李先生的身後事，知道他有一隻狗狗，所以……」話還沒有說完，顧念感覺眼前的店員整張臉都綠了，不僅一臉驚恐地上下打量她，甚至拉緊了口罩，拿起手邊的酒精噴霧瓶退了兩步。

「我們都有消毒的好不好，妳幹麼這樣！」紀子翼轉身又回到店裡，「阿伯都已經死了，我們不領也不會有人領啦！就算是家人也可以拋棄不用負責的吧，妳找警察也沒用，不如給我們打個折扣，我們還可以照顧這隻狗，何樂不爲？」

店員愣了一下，似乎在思考這件事的可能性。

「放心啦，如果騙妳，我就是隻狗啦，李伯伯是前幾天過世的，酒駕。」紀子翼一邊說，一邊掏出名片，「妳隨便去問都行，反正我們照顧那隻狗，你們也可以省錢，不是嗎？」

「……我問問看老闆。」店員去一旁打電話，順便把那隻狗抱來。

顧念本來對貓狗沒什麼興趣，但開始養了噹噹之後，也漸漸喜歡上這些可愛的動物。她看著眼前這隻狗狗搖尾巴的樣子，眼睛都冒出了愛心，抱在手上又揉又蹭的，狗狗也絲毫不抵抗，還舔了舔顧念的手。

討論了一陣子之後，店員終於說：「老闆說可以，你們付一萬元就可以領回了。」

「五千。」紀子翼說。

店員和顧念的臉都綠了，這人殺價的方式也太流氓了。

「反正我們就沒錢，領不走你們要怎麼辦？不然我們就讓李伯伯自己來店裡看狗狗，反正他現在也在附近飄……」

店員一臉驚恐，被嚇得半死。

「不要亂講話。」顧念拍了紀子翼的頭一下，把這流氓拉至身後，掏了掏全身上下僅有的現金，艱難地拿出一堆紙鈔和零錢，「不好意思，我這裡有一萬多，剩下的我可以買些給狗狗的用品、點心什麼的……」

「好吧、好吧……」店員這才收下了錢。

顧念買了寵物食盆、狗狗尿布，還有一些玩具和罐頭。希望帶狗狗回到房間後，噹噹不會因爲多了個弟弟而吃醋。

上車後，顧念抱著被外套包著的小狗。這隻小狗的年紀看起來不大，肚子鼓鼓的，看來這幾個月被照顧得很好。等回到家，她要想辦法聯絡李長瑋的太太，看她願不願意接受這隻狗狗。

顧念帶著狗狗回到宿舍，沒想到噹噹非常生氣。牠對著小狗不斷哈氣，齜牙咧嘴的，幾乎要上前攻擊。

顧念馬上解釋：「噹噹、噹噹不是的……這是那個阿伯的狗狗，過幾天我就會帶牠走，眞的。」

但是噹噹不聽，依舊發出凶狠的嘶哈聲，委屈的小黃狗只能夾著尾巴躲在角落發抖。

「噹噹怎麼那麼小氣！」紀子翼看到後哈哈大笑。

「你不懂，噹噹在外面流浪過，又少了一隻腳，本來就很難相信人了。」顧念趕緊跟噹噹道歉：「噹噹……是我不對，你能不能接受牠？就幾天而已，過幾天我會去求他們的家人帶走這隻狗，好不好？」

「貓最好是聽得懂妳說的話。」紀子翼不以爲然地說。

「聽得懂！噹噹都聽得懂，噹噹是全世界最聰明的貓。」顧念說。

她上網看了看網友的經驗分享，大多都建議，老貓和新貓剛住在一起的時候，先將新貓關在籠子裡一陣子。那狗狗也一樣嗎？她是不是要買個籠子？

剛剛她爲了買狗狗的用品，已經花掉身上的積蓄了，實在沒辦法，只好轉頭向紀子翼求救，「你有籠子嗎？」

紀子翼翻了個白眼，「籠子是沒有，但是我記得儲藏室有網片和萬用扣，我去找，再給妳弄個籠子出來。」

「可以嗎？」

「可以，妳那個三格櫃就是我組的。」紀子翼抓抓頭。轉身往樓下的儲藏室走，找做籠子的工具。

紀子翼只花了半個小時便組好籠子了。籠子有三、四層的高度，上面還鋪了軟墊和厚紙板，讓小狗的腳比較不會被卡住。他還弄了個活動門，方便顧念放飼料和換狗狗的尿布。

把狗狗放進籠子裡之後，顧念又花了好長的時間哄噹噹，噹噹這才稍微消氣。但沒多久，狗狗卻嗷嗚嗷嗚哭了起來。

「這我可幫不了妳。」紀子翼哈哈大笑。

✦

顧念拜託了紀子翼幾回，他才終於答應到她的房間陪她等李長瑋，但卻一連三天都沒能等到對方，還被同事調侃是在談戀愛。

「新人，妳很積極喔，是不是想要當老闆娘？」浩哥問道。

「不是、不是。」顧念正想解釋。

「浩哥，當老闆娘不是應該要去討好小老闆嗎？」另一名同事說。

「小老闆感覺很難追？」浩哥說。

沒想到他們的對話被郭丹琪聽到了，氣得她問了顧念許多問題。

「我就知道妳想要搶走我的子翼哥啦！我不管，我不准妳捷足先登。」吃飯時郭丹琪坐在顧念旁邊，把她抓個正著，「我也要去玩！」

當天晚上，顧念、紀子翼和郭丹琪擠在顧念小小的房間裡，裡頭甚至還有一狗一貓，真是熱鬧。

「狗狗好可愛！你的毛的顏色跟我的髮色一樣。」郭丹琪一來就抱著小狗在顧念的床上打滾，玩了一陣子後又去抱噹噹。

噹噹在盛怒之中抓了她好幾下，郭丹琪只好哭哭啼啼地找紀子翼討拍。

「活該，去找我弟，他那邊有藥。」

「我不要，小老闆對我好嚴苛，我最討厭他。」郭丹琪抱著紀子翼不放，「子翼哥比較帥，體格又好，又高又壯。」

「抱歉，妳不是我的菜。」紀子翼想也不想就把她的頭推開，「我弟對妳寄予厚望才會對妳這麼嚴格，妳要體諒他。」

「我陪妳去擦藥？」顧念不好意思地問：「抱歉……我剛說過，我的貓很兇……」

「好啊，妳陪我去，這樣小老闆才不會兇我。」郭丹琪也不拒絕。

許崇霖住在宿舍對面的二樓，那裡是老闆家。一樓有很寬敞的客廳，據郭丹琪所說，老闆經常讓員工去那邊吃火鍋、看電影，是這裡少數能夠一起玩樂的地方。

「這裡不是田就是山，街上的人又躲著我們，哪有什麼好玩的？」郭丹琪說。

「妳在這裡做很久了嗎？」顧念好奇地問。

「我是爺爺、奶奶帶大的，北埔人，家裡種茶。爺爺在這裡辦喪事之後，我就想來這裡工作，所以高中畢業就來了。」郭丹琪說。

「妳喜歡這份工作嗎？」

「喜歡，因爲往生者不會靠么。」郭丹琪笑咪咪地回答。她用力敲了敲門，「小老闆！開門！」

不一會，許崇霖開了門。他拿掉眼鏡，穿著條紋睡衣的樣子看起來有點好笑。

「幹麼？」許崇霖皺著眉頭，好像隨時都要爆炸。

「我受傷了，子翼哥要我來擦藥。」郭丹琪舉起手，給許崇霖看了一眼手上的傷口。

「妳一天不惹事是會死是不是？」許崇霖瞪了她一眼，「過來！」

郭丹琪拉著顧念的外套，兩人戰戰兢兢地走進許崇霖的房間，他的房間比宿舍大多了，還有一張又大又寬的灰色沙發，看起來整潔簡約。

「手伸過來，我看看傷口。」許崇霖打開急救包，拿出生理食鹽水和優碘。瞪了緊張扭捏的郭丹琪一眼，「手伸出來！又不會咬妳。」

「很痛啊……」郭丹琪癟嘴抱怨。

「妳也知道痛，那爲什麼不小心一點？」許崇霖看向顧念，「顧念一定說了她的貓會兇，結果妳不聽話，還白目去弄貓吧？活該！」

「好痛啊。」郭丹琪委屈地裝哭。

「痛個屁，反正妳這幾天都沒班，待在宿舍裡好好反省，兩天就好了。」許崇霖幫郭丹琪擦完了藥，收拾了急救包的東西，「回妳自己房間！別去吵顧念，她明天還要上班。」

「那你讓我回去上班啊。」郭丹琪嘟著嘴，一臉不高興。

「誰讓妳自己要遲到，乖乖受罰，時間滿了才可以回來工作。」許崇霖不肯退讓。

「小老闆眞的很兇吧！」郭丹琪對顧念說。

剛才許崇霖替郭丹琪消毒上藥時，動作非常溫柔，顧念也知道，雖然許崇霖總是罵郭丹琪，也對她很嚴格，但其實是刀子嘴豆腐心。可惜郭丹琪這辣妹的眼睛總繞著紀子翼轉，似乎沒有發現許崇霖的心思，可惜了。

臨走時，許崇霖把顧念叫住，「我哥說，妳能夠看到往生者，還能跟他們溝通，是真的嗎？」

「最近有看到一、兩個。」顧念老實回答。

「會害怕嗎？」

顧念搖搖頭，「一開始是有點怕，但後來也知道，他們只是希望我幫忙。」

許崇霖有些欣慰地點頭，「是啊，他們不是針對妳，會找上妳可能是因爲信任妳，也與妳有緣，所以不用感到畏懼，做我們能夠做的就好了。」

顧念點了點頭。

「我會讓我哥全力支援妳，如果上班途中有什麼狀況，隨時跟他說，這樣他也能少去阿達那裡。妳也早點睡，明天還要上班。」許崇霖說。

郭丹琪沒聽到他們的對話，只是傻傻地跟著顧念回到宿舍。

兩人回到房間，看到紀子翼一臉失魂落魄的表情。

「怎麼了？」顧念問。

「沒事。」紀子翼起身，拍了拍郭丹琪的腦袋，「回房間吧，瞎妹。」

「我才不是瞎妹！」郭丹琪雖然回嘴，卻還是乖乖收東西，又摸了摸貓咪的頭，這才離開顧念的房間。

紀子翼的表情還是有點怪怪的，似乎也沒打算多留。他收拾了自己的物品準備離開，手上卻多了一張紙。

「等等……」顧念想知道他怎麼了，卻不知道該從何問起。

「過兩天是李伯伯的告別式，我們再跟他的家人溝通，請他太太收留狗，今天他不會來了，妳睡吧。」紀子翼說。

今天李伯伯不會來嗎？他怎麼知道的？難道他見到李伯伯了？顧念想要再問紀子翼詳細的狀況，但又覺得天色已晚，只好作罷。

隔了兩天，終於到了李長瑋的火化日。

這天會有一系列的誦經祈福，還會將李長瑋的遺體推出來，讓親友瞻仰遺容，接著會將遺體移至火化場，完成火化後，再將骨灰收進骨灰罈，等待最後的告別式。

現在越來越少人選擇土葬了，都是火葬、樹葬、花葬等。節省空間，也節省成本。

來到火化的現場，大部分的來賓都是李長瑋工地的同事、朋友，他的親屬並不多，除了坐在第一排的李太太之外，還有年邁的母親與一個弟弟，其他大多是不太往來、也說不出關係的遠房親戚。

李先生和李太太沒有兒女，只是兩個已經五十多歲的人相互作伴罷了。

經過了三個多小時，儀式才進行到一半，遠房親戚們似乎耐不住，多半走了。年邁的母親哭了幾回，也被弟弟送回家休息，只剩下李先生的好朋友和妻子繼續待著。

在火化場的等候區，顧念鼓起勇氣上前和李太太說話。她遞了張衛生紙給對方擦眼淚，李太太收到衛生紙後，也點頭致謝。

「有件事情……我想跟妳討論一下。」顧念說。

「怎麼了？」

「李先生在寵物店裡留下了一隻小狗，他希望妳能夠接受這隻小狗……」

李太太的表情一開始是驚嚇，接著漸漸變得有點狐疑，「什麼？妳怎麼會知道這種事？」

「實不相瞞，李先生過世之後，曾經出現在化妝間和我的宿舍裡。我們用手語之類的方式溝通，這是他想要我幫忙的事。」顧念小心翼翼地解釋。

「怎麼可能……」李太太的情緒很激動，哭得全身顫抖，似乎難以置信又生氣，「他爲什麼……他怎麼可以……」

顧念一時不知道該說什麼，只能先等李太太的情緒慢慢平復。

「他眞是一個自私的人……」李太太擦了擦眼淚，「以前他就常常在工地照顧貓狗，還買飼料到處給流浪動物，害我們被鄰居罵不負責任，沒想到死了之後還要留下這些垃圾給我收拾……」

顧念不敢多說，但也害怕李太太會不願意養那隻小黃狗。她的手機裡有存狗狗的照片，現在也怕李太太反應不好，不敢拿出來。

「上回在工地，發現一隻只有一個多月的小狗受傷，光是醫藥費就好幾萬了……因為我說了討厭貓狗，不准他帶到家裡來，他才作罷……」李太太哭得難過，看來相當不滿意李先生的各種行為。

顧念本來想安慰李太太，但是心裡卻也有些理解對方的心情。

顧念的媽媽和阿嬤的關係不好，阿嬤觀念老舊，因為媽媽沒有生兒子，所以兩人時常發生爭執。爸媽離婚的導火線也是阿嬤，因此當阿嬤重病過世的時候，已經離婚的媽媽也不願回家祭拜，當時大家都說媽媽不懂事，說她不孝。

但是顧念是理解的。

雖然死後的李伯伯總是露出憨厚的笑臉，但是平時到底是個怎樣的人，顧念也不知道。她不是他的家人，也不是李太太，顧念知道自己不能用「死者為大」這樣的說法說服別人。

「讓妳見笑了……」李太太擦擦眼淚，「像這樣講死人壞話的，恐怕也只有我了吧？」

顧念搖搖頭，知道自己不是家屬本人的話，就沒有資格批評別人的感受。

「李長瑋那個傢伙……酒駕已經三、四回了，肇事後欠下一堆債務，都是我在償還，所以忍不住對他有些怨言……」李太太嘆了口氣，「如今他兩腿一伸，死得倒是痛快，我卻要替他收這些爛攤子……」

顧念心想，或許「死者爲大」這種話，在李太太的心中也是很傷人的吧。李太太未必是不愛李伯伯，對他自然也會有許多遺憾與思念，但是李伯伯所犯的所有過錯，都要活著的人來承擔，若是要她一句怨言也沒有，那也有些強人所難。

這時候紀子翼從一旁走了過來，「但是……李長瑋先生，希望妳能夠收留那隻叫小胖的狗，他說希望那隻狗能與妳作伴。」

「……你……怎麼會知道？」李太太看著紀子翼，皺起了眉頭，

「這是前天李先生來的時候，交代我一定要給妳的信。」紀子翼拿了一封信給她，「是李先生比手語，我用紙筆記錄下來的。」

果然前天紀子翼見到李長瑋了，顧念微微吃驚。

李太太接過那封信，打開信後，第一行寫著：瑜珍，我對不起妳。她好不容易停下來的眼淚又噴湧而出，顧念只好去後頭拿些衛生紙給她。他們陪李太太坐了許久，當她好不容易稍稍平復了心情，火化場那邊剛好通知李先生的骨灰完成了，請家屬帶著骨灰罈前去領取。

顧念捧著素玉的骨灰罈才交給李太太，看著工作人員從骨灰之中找尋大塊的骨頭，動作輕緩而仔細，「這個是大腿骨……這一片是頭骨……」

李太太的眼淚再次決堤，「長瑋……長瑋啊……你怎麼狠心丟下我？你這沒良心的王八蛋！嫁給你三十年！我從來就沒有一天過過什麼好日子！你竟敢就這樣丟下我……」

肅穆的火化場裡，到處都是傷心人，走了的人有好有壞，再多的對不起，也彌補不了遺留下來的痛楚。

但是人走了，一切都得放下，不管願意還是不願意，都得釋懷。

過了好一陣子，面容憔悴的李太太總算止住了哭泣，她仔細地摺好手中的信，抱著先生的骨灰罈回到了等待區坐著。她的雙眸失神，似乎仍然未從打擊之中振作。

顧念偷偷用手肘頂了紀子翼一下，「現在怎麼辦？」

「陪她坐一下嘍，我們今天沒事。晚點我送她回去。」紀子翼說。

「那天你怎麼沒跟我說，你見到李先生？」顧念問。

「我也是第一次遇鬼好嗎……」紀子翼瞪大眼睛，「嚇得我差點尿褲子。」

顧念快要忍不住笑出來的時候，正好看到李太太起身喚她，「顧小姐……」

「是。」

「我先生的狗在妳那裡吧，我現在跟妳領回牠，方便嗎？是我先生惹的事情，就該我去負責處理……」李太太嘆了口氣，表情帶著些許的無奈，「既然這是他的願望，那就這樣吧，這幾天麻煩妳了。」

「好的……」顧念有點後悔，要是李太太眞的討厭狗，卻還是被迫要接受這隻狗，豈不是也破壞了李先生希望狗狗能夠給她作伴的美意嗎？

「妳放心，我會好好照顧這隻狗的……」李太太苦笑道：「以前，我養過一隻貓，後來死了，所以我希望自己不要再養了……因爲我眞的承受不住離別的痛苦，所以才跟李長瑋說我討厭貓狗。」

「妳一定可以的。人和人，人和貓狗都一樣，本來就注定會離別。但是妳沒有因爲懼怕而放棄去愛，代表妳是個非常堅強的人。」紀子翼說。

李太太苦澀地笑了，點點頭，「謝謝你，紀先生。」

到了顧念的宿舍，李太太一看到那隻狗，便相當驚訝地說：「就是這隻狗……當初李長瑋在工地撿到生了病的牠，還花了好幾萬元的醫藥費，居然長這麼大了……」

「李先生大概是怕妳生氣，所以把牠放在寵物店好幾個月，一直沒有帶回去。」顧念解釋道。

「這人眞是蠢，沒良心的傢伙。」李太太搖搖頭，接過了胖敦敦的小黃狗，溫柔地笑了，「嫁給他三十年，他從來沒有給過我什麼好東西，淨是給我惹禍，讓我收他的爛攤子。」

顧念聽了這話許多次，但這次她終於聽懂了，或許李太太的埋怨，都是愛的展現吧。

她不顧一切地包容與幫助一而再、再而三犯錯的先生，不停逼自己重新振作面對，而這幾句抱怨與咒罵，不過是她在疲憊不堪的人生之中，對先生也對自己的選擇，唯一能做的小小掙扎。

即使如此，她仍然會用愛包容這一切。

「小胖……我的第一隻貓也叫這個名字，李長瑋那個土八蛋，一定是知道這樣我就不會拋棄你，才取這個名字吧。」

看著李太太抱著小狗的樣子，顧念更加肯定了心中的想法。紀子翼說得沒有錯，李太太的確是個非常堅強的人。

第五章

「我看。」紀子翼把她的手機拿過去，「喔，小胖胖了不少吧！」

「牠真是適合這個名字。」顧念笑了起來，一邊整理手上的行李，「牠真的好可愛，圓嘟嘟的。」

「妳再講，噹噹可又要生氣了。」紀子翼摸摸可愛的噹噹，很奇妙的是，噹噹這麼怕生的個性，卻能跟紀子翼相處得很好。

「噹噹比誰都可愛啊，而且噹噹自從手術過後也胖了很多，個性也溫柔不少。」顧念把行李整理好後，背起了包包，「你每天都要挖貓砂喔。」

「知道啦，妳不過回去兩天而已，難不成牠還能大到滿出來？」紀子翼看了看手機，「趕快啦，我媽在樓下等了。」

「老闆娘也要去嗎？」顧念趕緊穿上外套，拆下自己房間的鑰匙，丟給紀子翼。

「我媽要去新竹市辦事情，所以我順便載她。」紀子翼解釋道，乾脆從顧念手上把比較重的包包拿走，「走吧。」

「最近上班怎麼樣？會不會覺得累？」往新竹市的路上，呂美和不斷地問顧念。

「不會不會……大家都很照顧我……」顧念回答。

「因爲妳工作很認眞，個性又溫和，大家都跟妳相處得挺好的。」呂美和看著手機說：「對了子翼，聽說念念下個月要轉正了，對嗎？」

「嗯，好像是。」紀子翼點點頭，又突然「啊」了一聲，「但是媽，崇霖還沒公布呢！」

「哎呀，那就是我說溜了嘴。」呂美和笑得很開心，「恭喜妳嘍念念。歡迎妳正式成爲我們大家族的一分子。」

「謝謝老闆娘，我會認眞做的。」畢業之後待過大大小小公司的顧念，覺得這家公司眞的很體恤員工。或許是因爲在鄉下地方，又加上員工們常常在外面被人冷眼，因此在公司裡頭總是互相照顧，氣氛也格外溫馨和樂，很難想像這是一間肅穆又讓人心生恐懼的禮儀公司。

「妳最大的問題不是認眞啦！」紀子翼吐槽道：「是開不起玩笑又不好玩啦！前幾天筠婷姐生日妳也沒喝，就喝兩口而已也太無趣。」

顧念還沒說話，紀子翼的腦袋瓜馬上就被呂美和打了一下，「你是變態嗎？人家好好一個女孩子，不想喝酒你還勉強她？你管人家有趣、無趣！你要是敢欺負她你就知道，公司最重要的資產就是這些員工了！」

「好啦、好啦……」紀子翼忍不住抱怨：「妳別一直打頭，會變笨啦。」

「你有聰明過嗎？整天只會玩，整天惹我操心！」到了新竹火車站，呂美和仍然不放過紀子翼。

「好啦、好啦，妳快去啦，結束叫我。」紀子翼笑著送走呂美和，轉頭跟後座的顧念說：「好了，我送妳回去吧！」

「我也可以在這裡下車，坐客運回去就行。」顧念說。

「沒關係，上高速公路很快的。」紀子翼拍拍副駕駛座，「來前面坐吧，不跟我說話我會睡著。」

經過了幾個月的相處，顧念已經不再那麼怕他了，兩人相處總有些許默契，所以顧念沒有多想，便坐到他身邊。「對了，我想問薪資調漲之後的事。」

「嗯，調漲之後，妳可以選擇多還一點，或是自己多存一些，只要還款在三萬元以上就行。」紀子翼猶豫了一下之後才問：「不過妳眞的一點怨言都沒有嗎？」

顧念想了一會，才知道他說的是什麼。

「你是說對慧君？」顧念嘆了口氣，她好像是第一次跟紀子翼聊起這個話題，「我也不知道。慧君跟我，眞的是很久的朋友了，我們是高職同學，畢業後考同一所科大，之後一起在美容室上班，我到現在還是無法相信她會這樣對我……」

「我們都還在持續找她，妳放心，有什麼消息會告訴妳。」

「只是……如果她寧願破壞我們的友情，也要陷害我，代表她過得眞的很不好，也眞的很需要這筆錢吧？」顧念又嘆了口氣，語氣中帶著擔憂與焦灼，「我眞的很擔心她，也很想知道到底是出了什麼事……」

她本來以爲紀子翼會嘲諷她，沒想到他卻笑了，笑得很溫和，「妳還眞是個好人啊。」

這句話不輕不重，屬於紀子翼的理解和體諒。或許經過這幾個月的相處，他已經不是她的第一印象裡，那麼討人厭又可怕的人了。顧念微微地勾起了嘴角。

回到家中休息兩天，顧念被媽媽追問了工作內容，她也只能簡單帶過。

面對房間裡，過去工作時用到的舊器具和化妝品，她嘆了口氣，滿滿的感慨。既然賣不掉，就扔了吧。

「好神奇啊，妳本來不是都會化妝嗎？也會去做五顏六色的光療指甲，現在怎麼都不弄了？這份工作真的和化妝有關嗎？」劉素華問。

「是為別人化妝的沒錯，妳別問了。」顧念不擅長說謊，只能別開視線，不讓媽媽看透她的慌張，「公司很好，食宿都有補助，所以我賺的錢多半都能存起來，妳不用擔心。」

「妳老實說，慧君到底跑去哪裡了？在外面欠的那些錢又是誰在還？妳這份工作也很奇怪，從來沒聽說過美容室會提供食宿的，聽起來很可疑！如果這份工作這麼好，妳會不寄錢回家嗎？妳是個怎樣的孩子，媽媽會不知道？」劉素華果然敏銳，「妳說，慧君在外面欠的錢，是不是妳在還？」

「……是。」顧念只好點點頭承認。

「果然如此。」劉素華忍不住皺起眉頭，「欠了多少？」

「也就一、兩百萬吧。」顧念嘆了口氣，「妳別問了……」

「……她人呢？就這麼不負責任地消失了？憑什麼是妳來還！」劉素華心疼女

兒，義憤塡膺，「她家裡呢？也聯絡不上嗎？」

「暴力討債的人都去過她家了，全都搬空了，她媽和她弟的手機也都換了……我……是保人……所以不得不還……」

「妳怎麼會跑去當人家保人？」劉素華氣壞了，「這種事情……」

「木已成舟，反正已經發生了，別說了。」顧念不想再說下去，就怕劉素華會更擔心。

劉素華抓著女兒，「找爸爸吧！爸爸一定可以處理……」

「不行。」顧念拍桌，表情有著以往沒有的嚴肅，「這種事我就不願意講，妳就硬要問我。反正我有自己的處理方式，目前也都還能應付，不可以麻煩爸爸。」

「眞的嗎？」劉素華擔心地看著女兒。

「眞的，坐下。」顧念夾了菜給劉素華，「多吃點，明天我就回去了，最近妳自己下廚都吃些什麼？」

「還能吃什麼，大多是微波食品……但是我會去買，妳不用擔心。」劉素華心疼地看著女兒，拍拍她的手，「妳才要好好照顧自己，要是眞的不行，妳一定要跟我說。」

「妳放心。」顧念點點頭，「工作的事情也是，那是份很有意義的工作，妳不用擔心，眞的。」

到了最後，她還是沒能告訴媽媽自己眞正的工作內容。

明明這份工作是很有意義、很值得驕傲的，但是她卻不敢說得太明白，就是不想讓媽媽擔心。

過去她做的工作像是錦上添花，替歡慶的場合增添更多的美麗，各種化妝品和飾品都能讓這份美好更加耀眼。

現在她做的則更像是雪中送炭，雖然有著許多大家都不願碰觸或懼怕碰觸的理由，但顧念自己明白這份工作的必要性與重要性。

此外，她也很清楚，這份工作還是飽受歧視的。

當她穿著公司的制服走在街上，要去買飯時，一定會選擇外帶，就是擔心自己會嚇到路人。歧視或畏懼的眼神，總是緊緊跟在衣服上的「禮儀公司」這四個字上面。

即使是出現在殯儀館的家屬，也還是會用異樣的眼光看待他們。顧念也不是第一次被家屬問，年紀輕輕爲什麼做這份工作，是不是缺錢。

她原本確實是因爲缺錢才會做這份工作，但她後來是眞的做出了興趣，甚至不想再回到美容室工作，因爲她覺得沒有比做這份工作，還要有意義的事了。

老闆和老闆娘會對員工們這麼好的原因，也許就是因爲只有彼此才能夠相互體諒，也只有彼此能夠互相扶持。

「員工是公司最重要的資產」這句話她聽過無數遍，但從老闆娘的口中說出來，感覺卻是這麼的不同。

總有一天，她一定要大方說出自己的工作，告訴媽媽這份工作帶給她許多快樂和成就感。

至於吳慧君……就只能再繼續找了，或許有一天紀子翼他們會找到她，而自己也能從這個債務地獄中解脫，也或許有一天吳慧君會告訴自己，到底爲什麼要這麼做。

也或許，沒有這麼一天。

✦

「您好，我是蓮祐禮儀的顧念，今天爲您服務。」打開白布的瞬間，顧念有些驚訝，雖然早已收到往生者的資料，但對方卻比她想像得要瘦小。

這個小女孩叫王瑞瑩，今年五歲，但實際上卻瘦弱得看起來不到三歲。她因爲心臟天生有些問題，所以據說這幾年的生日都是在醫院裡過的，這孩子眞是辛苦了呢。

將遺體清洗乾淨之後，她替女孩換上衣服，父母替她準備了粉紅色波點的洋裝，相當可愛。

顧念看著女孩小小的身體，不管是腿還是手，都因爲打針的關係而布滿針孔。她幫女孩穿上白襪與可愛的桃紅色小鞋，打算在露出的肌膚上上一點粉，來遮掩那些針孔的痕跡。

就在上粉的時候，手邊突然一陣冰涼的觸感，接著傳來熟悉的、淡淡的石灰味道，一個身影從女孩的身體裡頭跳出來，在化妝間跑跳了起來。

顧念全身抖了一下，愣了許久，才知道眼前活蹦亂跳的身影是這個叫王瑞瑩的女孩。

王瑞瑩的身上掛著各種管子，那些管子像是彩帶一樣，在女孩的身後飛舞著。她發出歡快的笑聲，似是沒有一點痛楚。

外頭隱約傳來家屬的哭聲，小女孩卻在她的身邊開心地繞圈圈。顧念在口罩底下偷偷地笑了，繼續替小女孩的臉部和手部上色。

「姐姐。」王瑞瑩好奇地在顧念的身邊張望著，「姐姐。」

「什麼事，瑞瑩？」雖然她見到鬼不過就今年的事，但漸漸地也不太害怕了。

「原來妳看得到我，姐姐！」王瑞瑩很訝異，「爸爸、媽媽都看不到我……」

「是的，我看得到。」顧念繼續忙著替她的臉上色。

「爲什麼呢？」

「我也不知道。」

化到一個段落，王瑞瑩跟著顧念，來到她的粉底區看各種顏色。

「妳有沒有什麼願望？」顧念問。

「我……」小小年紀的王瑞瑩似乎沒有想過這個問題，「我也不知道……」

是啊，她這麼小的年紀，眞的清楚生死是怎麼一回事嗎？她理解失去和遺憾是什麼意思嗎？顧念想起小時候的自己，那時候的她根本不懂。

大約是大學的時候，阿嬤過世，那時她才開始知道死亡的恐懼，開始對生離死別有實際的感受。

看著王瑞瑩，顧念忍不住有些惋惜和心疼。

「很多人都有願望嗎？」王瑞瑩小心翼翼地問。

「是啊，因爲生命是很寶貴的東西，突然失去，會讓人們覺得還有很多事沒有做，而感到很遺憾。」顧念也不是很確定地解釋道。

「……這樣啊……什麼都可以嗎？」王瑞瑩想了一下。

「姐姐做得到就行。」顧念點頭。結束手上的步驟後，緩緩替小女孩蓋上了白布。等學長檢查過後，就要將遺體運回冰櫃裡。

「姐姐，我想……去六福村。」

王瑞瑩說，之前爸爸本來要帶她和哥哥一起去六福村玩，但後來爸媽發現她的身體有些狀況，看了醫生之後，才發現她有擴張性心肌病，她走路會喘，後來還會常常昏倒。在某次昏倒之後，就開始長期住院，自然沒有機會去六福村。

「嗯，好吧。」顧念點頭，算了一下自己的假期，『姐姐想想辦法，陪妳一起去吧。」

「真的嗎？」王瑞瑩跳起來，「真的嗎、真的嗎？」

「真的。」顧念微微笑著，這時候學長剛好進來檢查遺體，小女孩便躲到顧念的背後。

「可以了。」學長檢查完後點點頭，「妳先休息一下，準備處理下一個，這個我等等運回去。」

「好的，謝謝學長。」顧念回頭看了一眼王瑞瑩，發現學長果然看不到她，那紀子翼上回是怎麼看到的？

王瑞瑩看著顧念的眼神，骨碌碌、閃亮亮的。

顧念心想，這樣可愛的小女孩，先盡可能地幫助她實現願望吧。至於紀子翼的事，就再說吧。

✦

「……妳答應了嗎？」紀子翼似乎覺得難以置信，「她……怎麼去啊？坐車去？她能坐車嗎？」

「我不知道啊……」顧念傻傻地抱著噹噹，「不能坐車嗎？」

「上次不是……妳說李伯伯連紙筆都沒辦法碰嗎？那這個小孩要是不能坐車怎麼辦？」紀子翼翻了個白眼，「妳怎麼能隨便答應人家的要求！」

「我不知道啊……之前李伯伯和陳老奶奶都可以飄到我的房間來……我想說她應該也可以……」

「那妳就要直接約在六福村啊！她才五歲耶！迷路怎麼辦？」

「或是我們帶著她去……」顧念說。

「走路去六福村？妳是覺得竹東離關西很近是不是？」紀子翼的白眼都快翻到

後腦杓了。

「跟著我們的車飄不就好了。」想起來很容易，實際討論後，顧念才知道困難重重。

「還有一種方法啦！她明天火化，火化之後把她骨灰帶出來，她應該就會跟著骨灰跑了吧！」

「又不是阿拉丁神燈……」顧念一臉恐慌，「而且我怎麼能偷人家骨灰……」

「告別式之前家人不會來拿啦，人家放在家裡還覺得晦氣，放心好了。」紀子翼拍拍胸脯保證。

「眞的嗎？」

「那天剛好是十二號，禮拜一，我媽不上班，我去拖住我弟，妳去拿骨灰。」

膽小的顧念趕緊搖頭，「我不敢啦！」

「不然妳去拖住我弟啊！美人計妳會嗎？看就知道妳是個沒胸部又沒情趣的女人，一定沒辦法！」紀子翼吐槽道。

「你才沒胸部！」顧念駁斥道，「拖住就拖住……我應該可以吧……」

到了那天約定的時間，顧念一早稍微打扮了一下，但還是穿了比較好活動的牛仔褲和襯衫，加了件薄外套，被紀子翼嫌得要死。

他解開顧念襯衫的釦子，害得她不斷尖叫，「妳到底有沒有心要做事啊！妳看看妳這衣服一點樂趣都沒有，要怎麼吸引我弟的注意力？妳把下擺綁起來露一點腰好了！」

兩人打鬧了半天，終於到了辦公室，顧念先走了進去，「小老闆，我有點問題想要請教……可以……可以借用一下時間嗎？」

「嗯，怎麼了？」許崇霖問。

「我最近有朋友想要來關西玩，我想知道……就那個……附近不是有很多草莓園嗎？有沒有比較推薦的……」顧念說著準備好的問題，表情卻尷尬得可以，不停結巴。

「這就是妳的問題？」許崇霖正在用電腦，頭也不抬地快速打字。

「……呃，其實，紀子翼他……」

許崇霖抬起了頭，甚至轉身面向顧念，「他怎樣？又欺負妳了？」

這她可沒說，全世界的人都要這樣解讀，只能說是紀子翼自己的錯了。她看著紀子翼從門口進來，只好接著說：「因為我欠他錢的關係，所以我也不敢拒絕他……」

「他要妳做什麼？」許崇霖似乎很生氣，「該不會帶妳去酒店了吧？」

眞強，不愧是一起長大的弟弟，眞的很了解紀子翼的爲人。

「但是妳在這邊做得很好，幹麼要去酒店工作？」許崇霖問。

「是因爲……還錢還得比較快啊……」顧念只好繼續扯謊。

「別鬧了，酒店那種地方，就算不會被客人亂摸、亂碰，也可能會因爲喝酒傷身，妳要爲自己的身體考慮，而且妳不是不太喝酒的嗎？別勉強自己。」許崇霖認眞地警告她，語氣雖然很兇，但是言辭中卻滿滿都是關心，害她相當心虛。

「是……我知道了……」

「因爲轉正，妳這個月的薪水就要調漲了。如果不夠，妳可以隨時跟我們說，不要冒險去那種地方。」許崇霖說。

「好……」

「不過我哥也眞奇怪，他從來不會對債務人這麼好。」許崇霖皺皺眉頭，「多半在逼債和催債一、兩個月後就置之不理，或許他眞的滿喜歡妳的。」

顧念一抬眼，便看見紀子翼笑嘻嘻地抱著青玉色的骨灰罈，正要走出辦公室，就在這個瞬間，兩人的眼神剛好交會，害得顧念愣了一下，好一會才反應過來。她趕緊否認，但臉已經紅了，「才沒這回事！」

✦

顧念、紀子翼和王瑞瑩坐在六福村的獨木舟上，這已經是他們玩的第三遍了。其實這個獨木舟並沒有眞的漂在水上，只是隨著池水底部的齒輪轉動而移動位置而已，既沒有任何刺激驚險的感覺，也不有趣。

看著中間的塑膠海豚，紀子翼快無聊死了，「我都要曬傷了。這到底有什麼好玩？旁邊那個漂漂河比較有趣吧？至少有起伏還會溼掉，爲什麼不玩那個？」紀子翼翻了無數個白眼，

「瑞瑩想要玩這個啊。」顧念看著坐在一旁的王瑞瑩，她很開心地看著塑膠海豚，笑得很甜。

瑞瑩說，雖然她沒有去六福村，但是哥哥有去，所以哥哥拍了照片給她看。她看到哥哥和媽媽坐在獨木舟裡，好像很快樂，所以自己也想要玩一次。

「類晨我們找點別的玩啦！有笑傲江湖耶！那個飛上去飛下來的，還有自由落體！衝上去掉下來！那個不會比較好玩嗎？」不知道小女孩到底在哪的紀子翼，對著空氣比手畫腳。

「是瑞瑩……而且那個不是笑傲江湖，是笑傲飛鷹。」顧念打開地圖，研究了一下這個年紀的小女孩可能會喜歡的設施，「瑞瑩，妳等一下想要看犀牛嗎？我們可以去坐奈落比號。」

「要！要看犀牛！」王瑞瑩點點頭。

「看三小犀牛……」紀子翼抱怨連連，馬上被顧念踹了一腳。

「不要在小朋友面前講髒話。」

「幹，我花了快一千塊進來，就只能坐這個在這邊轉轉轉，還要我不要講髒話……」紀子翼無聊到在獨木舟上打滾。

好不容易結束了坐獨木舟的行程，他們終於來到了名叫非洲部落的區域，開始排隊，準備乘坐蒸氣火車，這裡多半是父母帶著小朋友來看野生動物。排了五分鐘左右，大家便紛紛上車，準備啟程。

經過叢林部落時，會見到許多電視上、書本上才看得到的動物，車上的小孩也開始興奮吵鬧。

「所以我超討厭小孩……」紀子翼本來想一上車就睡覺，但孩子們的音量太大，害他根本睡不著。

「你回去啊，你可以去車上睡。」

「幹，我都付錢了，而且讓妳自己陪她，妳是扛得動骨灰罈到處跑喔？」紀子翼不滿地抱怨，害得顧念哭笑不得。

「你睡吧你。」顧念把外套往紀子翼臉上一蓋，還把耳機塞進他耳朵裡，「省得你一直抱怨……」

「是犀牛耶！」王瑞瑩開心地說。

看著王瑞瑩和其他的小朋友一樣興奮，抓著欄杆又叫又跳，顧念覺得再辛苦也值得了。

蒸氣火車的車程大約二十分鐘，好不容易結束，王瑞瑩卻說想要再去坐一遍。

「我自己去就可以了，哥哥姐姐待在旁邊等我就好了。」

「謝天謝地喔。」紀子翼終於找到機會休息，在園區內找了個地方坐下。

顧念去買了杯飲料，想要請他喝，謝謝他今天陪著她們到處亂逛。

她拿著飲料回來的時候，紀子翼正在講電話，「幹，憑什麼跑去你那邊鬧？」

他的語氣聽起來很兇，應該是在跟那些兄弟講話吧？

「反正你先讓我把一百五十萬給結了，你讓阿達他們別找顧念的麻煩。」

顧念愣了一下，停下腳步，不太確定紀子翼剛剛說的是不是自己的名字。

紀子翼沒有發現顧念，繼續吼道：「反正不准他們碰她啦！你就跟阿達說，顧念那個女的是我在罩！叫他少管閒事！」

還眞的是自己的名字沒錯，怎麼回事？

顧念看著紀子翼又和電話那頭的人爭論了一會，才掛了電話。她這才小心翼翼地走到他身旁，給了他一杯飲料，「來。」

「謝啦。」紀子翼若無其事地接過飲料，好像剛才那通電話什麼都不是的感覺。

這讓顧念一度懷疑剛才是不是自己聽錯了，但她也不敢多問。

王瑞瑩回來了，開心地跟顧念說：「謝謝哥哥、姐姐今天陪我玩，我還有最後一個願望，姐姐可以幫我嗎？」

顧念點點頭，「是什麼？說吧。」

「那時候媽媽在這邊的商店買了一塊香皂給我……但是我忘記是哪一種了，妳能不能幫我找找呢？」

「香皂嗎？」

「嗯，我記得有點點蘋果的香味。」

顧念和紀子翼拿起手機，上網搜尋，果然找到了一間叫開普敦的商店。

三人到了開普敦商店，找了一陣子，卻一直沒有看到蘋果香味的手工皂。

「會不會是裡面販賣的東西不一樣了？」顧念感到煩惱。

「搞不好是她記錯，她才幾歲的小朋友啊。」紀子翼說道。

「我沒有記錯啦……」王瑞瑩搖搖頭，一臉委屈，好像隨時會哭出來。

找了一個多小時，顧念實在束手無策，眼看著就要五點多，太陽都快下山了，他們也該回家了，只好隨手抓了一個店員問：「不好意思，請問一下……」

「是？」

「手工皂都在這裡了嗎？我想要找一款……有蘋果香味的手工皂。」

「蘋果香？是左手香嗎？」員工眨眨眼。

左手香又叫碰碰香，是一種長著絨毛、葉片微厚的植物，據說在觸碰的時候會散發出微微的蘋果香，所以被廣泛地製作成藥草與香氛。

「是這個嗎？」顧念拿起香皂，聞了聞，向王瑞瑩確認。

「對，就是這個。」王瑞瑩笑了起來，「媽媽說這個是樂觀、幸福的意思，所以她送給我，希望我可以快點好起來。請問姐姐，能不能買一些送給我媽媽呢？」

「這個三百多塊一個耶……就不能送點便宜的東西嗎？」紀子翼有些不滿。

「那……左手香的盆栽可以嗎？」顧念解釋道：「小的左手香盆栽，花店都有在賣，一個大概五十元，我可以每個禮拜都送一點過去。」

「好啊，謝謝姐姐！」王瑞瑩笑著點頭，「希望下輩子，我還能當媽媽的女兒。」

王瑞瑩的身影慢慢變得透明，逐漸和身後的夕陽融爲一體。

這是顧念最後一次見到這個小女孩，她的身形依然瘦弱，看起來像個兩、三歲的小朋友，她的笑聲歡快，就像是從未受過那些痛楚。

或許王瑞瑩是幸福的，雖然她還來不及享受更多的美好，但也就是因爲沒有經歷過太多，所以她並沒有很多的遺憾。

她唯一的願望，只是來六福村一趟，圓一個夢想。

結束了今天的行程，紀子翼開著車回到禮儀公司附近的花店。顧念訂了三個月份的左手香，固定每個禮拜寄到王瑞瑩的家裡。

正要回辦公室的時候，張筠婷碰巧看到兩人，「你們到哪去了？」

「怎麼了？」顧念問。

「某個往生者的骨灰罈不見了，我們都在找。」張筠婷說。

「靠么。」紀子翼大驚，拿出包包裡的青玉色骨灰罈，打算去領罪，「許崇霖沒事幹麼點骨灰罈的數量？」

「不是小老闆點的，是老闆娘。」張筠婷低頭一看，倒抽一口氣，「你幹麼拿走？」

「她怎麼這麼早回來？不是去台中出差嗎？」紀子翼抱著骨灰罈往辦公室走。

「沒有啊，她只是跟朋友吃飯，台中出差是下個禮拜。」

紀子翼走進辦公室，大家看著他手中的骨灰罈，差點沒昏倒。呂美和首先發飆，吼道：「紀子翼！你拿人家骨灰罈幹麼？」

「找回來不就好了嗎？」紀子翼趕緊把骨灰罈還給許崇霖，「收好收好。」

「你給我好好交代，今天到底上哪去了！」呂美和從櫃子旁邊抓了一根雞毛撢子，「不要跑！」

「老闆娘！我……我可以解釋……」顧念擋在紀子翼面前，「其實這次是……」

「跟他們講那麼多幹麼啦，快跑！」紀子翼不等顧念解釋，抓著她的手一起跑。

「紀子翼你這小王八蛋還給我帶壞念念，給我回來！」別看呂美和已經五十幾歲，平常總是溫柔的模樣，罵起人來卻是氣勢十足，就連跑起步來也是健步如飛。

十分鐘後，顧念和紀子翼兩人跪在辦公室裡，被呂美和訓斥。

「這種事情，你們就不會先通知我們嗎？要是家屬臨時過來想要看骨灰罈，那怎麼辦？」

「我只是怕你們不相信這種事情。」紀子翼一臉無辜。

「你這死小孩是一回事，但是念念又不會說謊！」呂美和用力嘆了一口氣，「下次不准再這樣了，聽到沒有？」

「聽到了。」兩人乖乖回答，看著辦公室的同事都在竊笑，害臊了起來。

「顧念哪不會說謊？」許崇霖翻了個白眼，視線微微掃過有點尷尬的顧念，「早上特別過來跟我講話，就是爲了要偷偷把骨灰罈拿走吧。」

「是我叫她做的。」紀子翼馬上向許崇霖解釋。

「你喜歡她啊？哥。」許崇霖笑了起來，「這麼替她說話。」

「對啊。」紀子翼說。顧念轉過頭來瞪著他，他還一臉無辜，「不行嗎？」

辦公室一陣騷動，許多人開始竊竊私語，連呂美和和許建恩都有些驚訝。

「你不是都喜歡濃妝豔抹、胸部大的那種女人嗎？」許崇霖忍不住笑道。

「偶爾也得換換口味啊。」紀子翼哈哈大笑。

聽到這話，呂美和馬上拿雞毛撢子打他的頭。

「好痛啊！」紀子翼喊道。

果然是開玩笑的吧，顧念翻了個白眼，也鬆了口氣。

許建恩走了過來，拍拍顧念，「念念，妳跟崇霖他們先去吃飯吧。」

「那我呢？」紀子翼問。

「你給我跪著！」呂美和吼道。

「為什麼？」紀子翼不懂，差點又挨一頓打。

等到顧念和許崇霖都走遠了，呂美和才說：「今天下午阿達到這裡來提人，你都聽說了？」

「嗯，崇霖都跟我說了。」紀子翼回答。

「為什麼替顧念還錢？真的喜歡人家？」許建恩問。

「那是因為這個女的是被自己的朋友騙……加上她這份工作做得很好，所以我才想幫忙。」紀子翼皺眉，繼續向他們解釋：「不是那種喜歡啦，不要鬧得我們很尷尬！」

「你自己想清楚就好。」呂美和嘆了口氣，「我只是不想家裡面多一個複雜的成員，所以才多問你兩句，你懂的。」

「我懂，但顧念不是壞人，我相信她。」紀子翼抬起頭。

呂美和和許建恩對視後笑了。

「眞的沒有喜歡？」呂美和笑著說：「我看她挺好的，雖然害羞，話不多，但至少勤勉誠懇，長得也挺漂亮。」

「不是啦！」紀子翼趕緊否認。

「爸爸也挺喜歡的。」許建恩笑得慈祥，「不過阿達那邊的狀況……你還是得留意一下，別再去他那裡了，免得繼續惹事。」

「但是阿達那邊……」紀子翼說。

「起來吃飯吧。」呂美和嘆了口氣，「阿達那孩子不是你能負責得了的，我找多少人過去，照顧他幾回了，你難道不知道嗎？」

紀子翼點點頭，無奈地跟著嘆了口氣。

「你們別嘆氣了，吃飯吧。」許建恩笑著拉起兒子，拍拍他的肩膀，「走吧走吧。」

顧念和許崇霖走在往餐廳的路上，她先拉住了許崇霖，爲早上的事情道歉，「抱歉，當時情況緊急……不是故意騙小老闆的。」

「今天下午阿達來了，說妳這幾個月還得太少，我哥的處理方式是，直接把妳的帳款先結清了，避免阿達他們再來鬧。」許崇霖說。

原來下午紀子翼在電話裡講的是這件事情，顧念一時不知道該怎麼回答。

「雖然不知道妳有什麼特殊的魅力，但我哥似乎很相信妳的爲人。」許崇霖的表情雖然只是如往常般嚴肅，但語氣裡卻帶著些許警告意味，「希望妳不要辜負我哥的信任，也不要辜負我們一家人對妳的信任。」

「我……會好好還錢。」顧念沒有想要解釋自己的情況，只是嚇得吞了口唾沫。

「妳不是眞的要去做酒店，眞是太好了。」許崇霖似乎鬆了口氣，微微一笑，「今天去哪約會？」

「……六福村。」顧念乖乖回答。

「是喔。」許崇霖推開餐廳的門。

門才剛打開，馬上就聽到裡頭嘰嘰喳喳的聲音。顧念都還沒看清楚裡面的狀況，郭丹琪就抓著她尖叫，「我聽說子翼哥跟妳告白了，是眞的嗎？」

「不是、不是，是開玩笑的。」顧念趕緊解釋。

「是眞的，他們今天還去六福村約會。」許崇霖推著郭丹琪的腦袋，「進去，不要擋在入口。」

「小老闆，你別火上加油啊……」顧念回頭想要阻止，但許崇霖卻只是冷笑著推她進門。

「我覺得她和子翼哥不錯啊，感覺很適合。」一位學長笑著說。

「那我呢？我呢？」郭丹琪不開心地抓著對方的袖子問：「我不好嗎？」

「妳死心吧妳！」張筠婷一邊笑，一邊推了她的頭一下。

「不公平，是我先來的。」郭丹琪瞪了顧念一眼，又埋怨又哀傷地說：「我連……跟子翼哥的小孩的名字都取好了！」

話一說出口，整桌同事都笑了出來，就連顧念也忍不住噗哧一聲。

「不是笑妳，只是我們眞的不是你們想像的那樣，眞的。」顧念說。

「吃飯啦。」紀子翼從背後抱著許崇霖，「老弟，下午的事情感謝你啊！」

「哥，你有興趣知道自己小孩的名字嗎？」聽到了同事們的聊天內容，許崇霖戲謔問道，同時遞給紀子翼一碗飯。

「啊？」紀子翼一臉莫名其妙。

第六章

一大早，大家吃完早餐，正準備出發時，看到了電視上的新聞——影帝梁天麟前天因病過世，享壽六十九歲。

這件事在電視上來回播報，大家都看到了。

「他有那麼紅嗎？我都不知道。」郭丹琪一臉狐疑。

「因爲妳年紀小啊。」張筠婷搖搖頭，「梁天麟以前演過好幾部花系列的男主角，還創了兩個劇團，是非常厲害的人。」

「他之前還演過《楚王傳》的男配角。」另一個年紀稍大的學長說道：「他早年又演電影又演電視劇，得了好幾座金馬獎和金鐘獎，後來年紀大了，身體不太好才不演的。」

「聽說他不但有錢，還樂善好施，就住在苗栗附近。生活簡樸，每年還會捐給各慈善團體好幾百萬，也常常出國當義工。」同事分享道。

「對啊，他眞的是個大好人，難怪他的死訊會造成轟動。」另一個同事說。

「唉，今年怎麼會死這麼多的好人啊？疫情眞是太可怕了……」一位學長忍不住感嘆。

「每年都會死人，只是因爲他有名而已。沒有絕對的好人、壞人，大家都是普通人。」許崇霖走進辦公室，淡淡地說了這麼一句，吸引了顧念的目光。

大家都是普通人而已，這句話讓顧念有些感觸。

「他今天下午好像會送來我們這裡。」紀子翼笑著拍手吸引大家的注意，「來來來，準備上班了。」

「下午要送過來嗎？」郭丹琪好奇地問：「誰接啊？」

「誰接都一樣。出發了，大熊，車鑰匙。」許崇霖把鑰匙丟給其中一位資深的學長，讓大家準備出發。

這時候顧念和紀子翼被許崇霖叫住，「顧念、哥，你們等一下，其他人先出發。」

「喔？是不是要約會？」一位學長調侃道，用手肘頂了紀子翼一下，紀子翼笑得尷尬。

「會客室有人找顧念，是王瑞瑩的家屬。會面結束後，哥，你再帶顧念去殯儀館。」許崇霖說。

顧念和紀子翼互相對看了一眼，各自都有些緊張。

到了會客室，王太太起身迎接他們。她是個年輕媽媽，約莫三十五歲左右，穿著一身整齊的套裝，「您好。您就是顧小姐嗎？」

「是，您請坐。」顧念說。

「不好意思，百忙之中前來打擾，是這樣的……我連續好幾個禮拜收到小盆栽，後來透過花店的關係，才知道送盆栽的人是顧小姐。」王太太有些煩惱的樣子，「查訪之後才知道您是我女兒的遺體化妝師，我雖然很感謝，但也很納悶，請問您寄給我這些盆栽，是有什麼用意呢？」

顧念見王太太的表情有感謝也有恐懼，更多的是不明所以的納悶。她心想，換成是自己，可能也會覺得這樣的舉動是一種騷擾吧。

原來她不記得了。顧念微微皺眉，道：「瑞瑩說，之前本來要和哥哥一起去六福村……」

王太太一聽，瞬間就被嚇得哭了出來，「什麼……」

顧念繼續解釋：「瑞瑩希望您能夠一直樂觀，並且擁有幸福，這就是她要求我送您左手香的意義……」

「您見到瑞瑩了……您眞的見到瑞瑩了？」王太太顫抖不已，「爲什麼我見不到？這幾個月來我都沒能夢到她幾回……爲什麼……」

「有時候只是運氣而已，王太太，請您節哀。」顧念低著頭誠懇地說道。

「我的瑞瑩啊……我可憐的瑞瑩……小小的身子，遭受了多少罪……」王太太「哇」的一聲掩面大哭，「都是我們不好，沒能保住她的性命，還折騰了她好幾年……」

顧念拍了拍王太太，說著上班時常說的話：「瑞瑩看起來很活潑，也很快樂，能夠離開苦痛與重病，她是幸福的。」

「眞的嗎……」即使是上班時用的話術，王太太也很感動，不停地哭著致謝。

「她甚至還說，希望下輩子還能夠當您的女兒。」

雖然不能夠讓王太太親眼看到，但顧念還是竭盡所能地敘述了當天去六福村的狀況。不管是王瑞瑩燦爛的笑臉，還是她坐了好幾回的獨木舟和蒸氣火車的喜悅，顧念都希望能夠好好傳達給王太太。

雖然她說得不好，但每個細節都惹得王太太又笑又哭的。過了幾個小時，王太太才依依不捨地離開了辦公室。

✦

顧念趕到殯儀館的時候，時間已經接近中午。穿好了隔離衣後，她直接進入化妝室。學長替她將需要化妝的遺體擺放好了，時間不能再拖，要是放得太久，遺體過度退冰，可是會出水的。

「您好，我是蓮祐禮儀的顧念，今天爲您服務。」顧念微微鞠躬，掀開白布。不是吧？顧念低頭確認了遺體的名字，竟然就是今早大家大肆討論的梁天麟先生。

「先幫您脫衣服，我們清潔身體喔。」顧念說。

「好的。」

正要解開襯衫鈕釦的顧念，抬頭看了看遺體，想著是不是自己聽錯了，或許是外頭的聲音，是她誤會了。正當她這麼想的時候，梁天麟從遺體中向上浮了出來，穿過了她的雙手。

「啊！」顧念忍不住尖叫出聲，嚇得將手上裝有丙酮的罐子丟在地上。

同事聽到了聲響，開門問道：「怎麼了？」

「沒事、沒事。」顧念撿起地上的罐子，拿抹布擦了擦地板，「我……看到蟑螂……」

「化妝室這麼冷還有蟑螂？」同事一臉困惑。

同事離開後，梁天麟這才笑了起來，「抱歉，我只是想嚇嚇妳。第一次變成鬼，原來是這種感覺……妳果然跟大家說的一樣，是看得到鬼的化妝師！」

眞過分，顧念擦了擦被嚇出來的眼淚，繼續進行剛才的動作。

「小妹妹幾歲啊？我等妳好幾天了。」

「二十七。」顧念將梁天麟的眼睛、嘴巴闔上，開始脫下遺體上的衣服。

「喔，跟我小兒子差不多大，不過妳倒是比較像我女兒……」梁天麟笑著清了清喉嚨，換了個話題，「我二十七歲的時候，演了《龍虎鬥》那部連續劇，妳看過《龍虎鬥》嗎？那是一九七八年，黃立維導演的作品。」

「沒有。」一邊替往生者脫衣服，一邊扛著遺體已經夠難了，還要回答問題，害顧念上氣不接下氣的，「那時候我還沒出生。」

「現在這個年代，什麼都用替身，什麼都用後製，根本不是在演戲。」他笑著說。

「嗯……」

「以前我非常敬業，曾經爲了演一段馬上的武打戲，從馬背上摔下來，躺了半個多月呢……」

「嗯……」如果不回答他，好像有點不禮貌，但是她手上正忙碌著，要分神回答也眞的很累，而且內容總是不著邊際，她不是個擅長聊天的人，一直不知道要回什麼。

「我跟洪冠文一起拍戲的時候，他還是個名不見經傳的小武生呢，妳知不知道洪冠文啊？」

「知道……」終於脫下了衣服，顧念開始清洗梁天麟的身體，「現在幫您清潔身體喔。」

「妳年紀輕輕的，怎麼做這種工作？」

「這工作很好啊，很有意義。」顧念邊洗邊搓揉出泡泡，仔細地清洗，「梁先生有什麼事情需要我幫忙的嗎？」

「你們年輕人眞奇怪，還是，妳是那種喜歡整天和屍體爲伍的變態？」

這老人家在說什麼？顧念皺皺眉頭，「現在幫您沖乾淨喔。」

忙了一陣子，顧念才發現梁天麟不再說話了，便轉過頭去看他。

「……我是一個成功的人嗎？」梁天麟嘆了口氣。

怎麼突然哀傷了？顧念趕緊回答：「當然了。您的死訊一出來，幾乎全國都在哀悼，都在討論您的生平。」

「唉，我腿腳不好，後面幾年都在麻煩別人。可憐的翠芳照顧了我很多年，卻還要遭受親戚的爲難，還有家產爭奪，一定很難過。」他嘆了口氣。

梁天麟說的應該是胡翠芳，他的太太。

「我們是青梅竹馬，在三十多歲左右的時候重逢，後來結婚，她替我生了兩個孩子。他們一個個利慾薰心，城府也深，兩兄弟總爲了家裡的房產吵鬧不休……我因爲工作忙碌，常常不在家……都是翠芳一個人在承受這些，她眞的很辛苦。」

顧念一邊聽梁天麟分享他年輕的事，一邊繼續手上的動作。她的阿嬤年邁的時候也是這樣，總是會碎碎念，會念過去的遺憾，也會提起當年的輝煌。或許等到自己老了，也會這樣吧。

顧念將梁天麟的分享當成是背景音樂，反正工作又累又可怕，有個人在身旁講話也好。

說了半天，梁天麟還是沒有說出自己的願望。

顧念完成了所有流程，已經沒有別的事要做了。她忍不住打斷了梁天麟的話，「梁先生，我要走了，您眞的沒有想要我幫忙做的事嗎？」

「我都已經六十九歲了，感到遺憾的事太多了……若要問，我還眞想不起來有什麼事是需要妳幫忙的。」梁天麟說。

顧念微微地笑了。是啊，沒有遇到她的往生者，又會怎麼樣呢？雖然顧念覺得自己做的事很有意義，但是她眞的能夠幫助所有的往生者，完成他們的所有願望，讓他們了無遺憾嗎？

當然不可能。

「沒有遺憾，生命又怎麼會如此可貴呢？」梁天麟笑著，表情很慈祥。

顧念覺得梁天麟說得沒錯。她開始收拾器具，準備處理下一具遺體。

這時候，突然有一個人走了進來，「我說過，這些都很簡單！交給我就好了！」

誰啊？顧念一臉驚慌，看到了一個像是道士的人出現在化妝室，他穿著一件黑色的古裝，肚子中間還有一個巨大的八卦圖案，搖頭晃腦、陰陽怪氣地不知道在碎碎念什麼，後頭還跟著一群西裝筆挺的男人。

梁天麟似乎有點害怕，躲到她的身後。

「請問……有什麼事嗎？」顧念趕緊問道。

「這是梁先生的大兒子請來的道士。」其中一位穿著西裝的男子對顧念說：

「您要是結束了，就離開吧。」

「人死後要到城隍廟報到！城隍廟會發表文到地府，所有人都要入地府，經過判官的審判！」穿著黑色衣服的道士看起來五十好幾了，有著一頭灰白長髮、長鬍子，嘴裡不停地念著，還拿著一把像是桃木劍的東西揮舞著。「梁先生都已經六十九歲了，爲什麼就穿這麼一點點？他應該要穿七層啊！」

「等一下！」這時候又有一個穿著白領黑袍的男子走了進來，他戴著一副眼鏡，手上拿著《聖經》，看起來像是有點年紀的神父。「你這怪力亂神的瘋子！不要隨便碰梁先生！」

這是什麼情況？顧念回頭看了一眼梁天麟。

他這時才小心翼翼地說：「我兩個兒子很愛吵架，所以派了人來……妹妹，我們快逃……」梁天麟翻了個白眼，附耳對顧念說：「這兩個神棍在我剛死的時候就已經來過了，但他們什麼也不會，就只會吵架。」

「什麼也不會嗎？那他們來幹麼？」顧念問。

「誰知道啊，我實在受不了他們，吵得要死。」梁天麟說。

「妳在跟誰說話？」身穿白領黑袍的男子往顧念的方向走了過來，顧念只好急忙跟著梁天麟一同離開。

這兩個人看起來都五、六十歲了，怎麼還會想要用這種方式騙錢？顧念不理解。

「這個世界上什麼人都有，爲了賺錢，很多人什麼事都做得出來。」梁天麟笑得慈祥，「妳可要學好，不要跟那些人一樣。」

「知道了。」顧念連忙逃離化妝間，卻沒想到從那天開始，梁天麟便開始每天跟著她。

他跟著她回宿舍，又跟著她去吃飯，還跟著她去見別的往生者。顧念幾乎一張開眼睛，就會看到梁天麟笑咪咪地看著她。

「梁先生……您想好了嗎？」這天起床，她臉都還沒有洗，就看到梁天麟坐在她的書桌前面跟噹噹玩。

噹噹雖然看得到梁天麟，但是碰不到實體。牠頑皮地想跳到他的手上，卻一直跳不到，只能自己在那邊繞圈圈生氣。

「還沒啊。」梁天麟玩貓玩得起勁，似乎還不想回答她的問題。

「那您爲什麼一直跟著我？」顧念躺回床上，想要再多睡一下。

「那兩個神棍在家裡貼符紙、灑聖水，我才不回去。」梁天麟有些無奈地嘆了口氣，「我有多少錢啊，還要受這種罪……」

「或許您的家人只是想知道您在想什麼？」顧念眨眨眼。

「才不是，現在是遺產談不攏，所以他們只是在找各種方法，想要多瓜分一點財產。」梁天麟嘆了口氣，「眞是煩死我了。」

根據新聞報導，梁天麟把他所有的財產都捐出去了，不打算留給自己的子孫後代。但是因爲兩個兒子和妻子在法律上持有特留分，加上他們又各自主張父親曾說過要給予私有的土地或房屋，所以現在鬧得很大。

「您煩什麼？那都是那些活著的人的煩惱。」顧念還有點想睡覺，「請放寬心，您一生都是個好人，就趕緊變成天使吧。」

梁天麟笑了，笑得有點嘲諷，「妳這麼一說，我終於想到，要妳幫我做什麼了。」

「想到了？」顧念在梳頭，準備去上班了。

「我的遺物之中，有一條坦桑石的項鍊，藍紫色的，旁邊有鑲鑽。雖然我不知道遺產最後會歸給誰，但我希望把這條項鍊送給徐紫媛小姐。」

「徐……徐紫媛？」顧念一驚，那個徐紫媛？

徐紫媛是個四十五歲左右的演員，早期雖然不紅，但年紀稍長之後因爲保養得當，風韻猶存，加上運氣好，接演了不少好電影，近年來也算是資源滿滿，是名大器晚成的演員。

去年她還演了一部很有名的懸疑片，演的是一位民初時期的歌女，她穿著白色旗袍，梳著服貼的波浪愛司頭，舉手投足皆是風情，最近網路上好多人爭先恐後地模仿她的扮相。

梁天麟跟這個徐紫媛有一腿？顧念感到困惑。

「可是徐紫媛……不是也結婚了嗎？您太太知道嗎？」顧念問。

「這個說來話長啊……」梁天麟嘆了口氣，「但這的確是我欠紫媛的，我不能什麼都不給她。」

「但是，您不是也說您的太太很辛苦嗎？如果梁太太知道你和徐小姐的關係，應該會生氣吧？您讓我去說這件事……不是給她二度傷害嗎？」她有些疑惑。

「是啊……會不會生氣呢？」梁天麟卻笑了，只是這次他笑得很奸詐，「反正這是你們這些活著的人要去煩惱的，跟我沒關係了！」

顧念對梁天麟的態度很是驚訝，但她也無可奈何，只好先準備上班。

✦

她本來想要跟紀子翼討論這件事，但早上聽許崇霖說，紀子翼這兩、三天都不會來。

最近公司多半都在爲梁天麟的告別式煩惱，因爲參加人數是前所未有的多，場地和規模也比以往辦過的大了許多。

她如果在這時候找梁太太，說服她把珠寶轉贈給徐紫媛，簡直是在給大家添麻煩。而且她也得先見到梁太太才行，這個任務眞的有夠麻煩。

顧念去會場逛了一圈，看到門口有兩個人在吵架，居然又是那天的怪道士和怪神父。

「你怪力亂神！胡說八道！我黃天泰號稱黃眞人，誦經持戒、修齋行道已經二十年！才不想跟你這種洋人信仰一般見識！」道士說。

神父也不甘示弱，拿著十字架和一把白色的水槍，開始攻擊道士，「你才是魔鬼！我要代替天主消滅你！用聖水淨化你！」

「你敢噴我！」道士擦擦臉，生氣道：「哪有人用水槍噴聖水的？劉保羅你這死洋人！冒牌貨！假神父！」

「疫情期間要保持距離！你這撒旦離我遠一點！」那個叫劉保羅的神父拿著白色水槍一路退後，表情帶著些許得意，「我奉主耶穌基督之名，消滅你這怪力亂神的道士。」

道士大概是生氣了，從懷裡拿出好幾張符紙，準備要點火，「你才怪力亂神！看我替天行道！」

顧念眼看那個道士連打火機都拿出來了，只好上前勸架，「兩位……有話慢慢說，別點火，點火危險。」

「這位姐妹！快來到我的身後！我用聖水保護妳！」

「這……這水槍也收起來吧。」顧念鼓起勇氣問道：「請問兩位是眞的要傳達梁先生的遺願給家屬嗎？」

「當然！」兩人異口同聲。

「那可以借點時間，我們稍微談一談嗎？」顧念被兩人瞪得有些不自在，但還是努力表達，「畢竟我也算是有靈異體質的人。」

「妳？」他們似乎不信，一臉懷疑地看著她。

「姐妹，妳在說什麼呢？是不是近來憂思過度，讓撒旦蒙上了妳屬靈的雙眼，才使得妳不分敵我？」神父抓著顧念的手，「耶穌說，凡勞苦擔重擔的，可以到我這裡來，我必使你們得安息！」

「劉保羅你這變態！別看小女生漂亮就隨便抓人家的手，放開！」道士也抓住了顧念，「妳不過就是個年紀輕輕的小妮子！別在那邊胡說八道，何來的靈異體質！」

「我……我看得到梁先生，我能跟他說話，他說你們很吵，說你們都是神棍，其實什麼都看不見！」她甩開兩人的手，聲音稍微大了一些。

兩人縮在咖啡廳的座椅上，氣焰削減了不少。

劉保羅小心翼翼地說：「我要一杯拿鐵，和一個草莓蛋糕。」

「吃什麼草莓蛋糕！」黃天泰原本還想繼續說，但看了眼顧念的表情後，稍微清了清喉嚨，小聲地說：「那、那我要……白毫烏龍和一個紫芋香糕。」

「吃吧，我請客。」顧念嘆了口氣，看著剛才還很囂張的兩人欲言又止的模樣，心裡多了幾分自信。

「姐妹，妳千萬不能把我們是神棍的事告訴別人。」

「是啊！」黃天泰趕緊搭腔，「我們不是想害人的那種神棍啦，眞的不是。」

顧念看著他們，心想，有人不知道他們是神棍嗎？他們看起來就像是邪教裡斂財的怪人。吞了口唾沫，本來不想說話的她，最後還是鼓起了勇氣，道：「眞的不是嗎？」

「當然不是！」兩人異口同聲地說，「我們就是拿人錢財，安撫人心，這也不算什麼害人。」

「騙人騙錢就是缺德的事。你們說了許多不實的故事，還編造出很多梁先生從沒說過的話，害梁先生很困擾，能不能不要繼續這樣了？」

「但是……」他們還想繼續狡辯。

「梁先生的兒子們的紛爭還沒結束，最後一定是要對簿公堂的，梁先生也說了，這些事情讓他們自己處理就好，我們不用管。如果你們不懂得收手，那我就上網去說你們到處騙錢的事！例如北埔范家老人家的事情。」顧念煞有介事地威脅道。

「妳……妳怎麼知道這件事？」兩個神棍開始慌張起來。

梁天麟曾經告訴顧念，附近的幽魂告訴他許多故事，說這兩個人十幾歲就到處招搖撞騙，一路騙了幾十年，關西、竹東一代有好多人都是受害者。

「梁先生告訴我的，殯儀館裡許多幽魂都會互通有無，裡頭一定不乏被你們騙了的孤魂野鬼，搞不好很多人都急著要向你們追魂索命呢。」顧念不是故意嚇他們，但倘若梁天麟所言屬實，那麼這兩個人的確是相當缺德。

他們慌張地開始尖叫，劉保羅抓著胸前的十字架項鍊不停地求告：「主啊……

請原諒我的一切過錯。」

「我……我也是迫於生活，逼不得已……」道士結巴地說，「我黃天泰可以對天發誓，從此改過自新。」

「那麼你們願意跟我合作嗎？只要你們願意幫我的忙，日後也不再騙人，我就答應你們，不會再追究下去。」顧念說。

兩人對看了一眼，點點頭答應了。

✦

過了幾天，兩個神棍一改原本的態度，聲稱梁先生託夢，表示扣除特留分的部分後，剩下的遺產都要捐出去

兩個兒子雖然有所抗議，說有違父親的意志，但是面對這個既符合法律又公平的結果，似乎也只能接受了。

而梁天麟的告別式，總算正式開始了。

全白的會場被白色、粉色和黃色的花朵鋪滿了整個牆面，中間的蓮花圖案則是用紫色的花鋪成的，周圍還有綠葉點綴。遺照裡，是梁天麟盛年時期的笑臉，看起

來意氣風發。

顧念幫忙整理場地，輕輕地在花架旁灑上清水，維持鮮花的嬌嫩。因爲梁天麟是鼎鼎大名的藝人，所以許多花藝公司都送來了巨大的花束和花架，一字排開有六、七十個，整個會場都充滿著香氣。

「人還年輕的時候，怎麼樣都是最好看的。可惜無論是什麼花都是有開有謝的，人啊，終將難逃一死。」梁天麟苦笑。

顧念看著他的失落，微微被觸動。

「所以，記得要打電話給爸爸媽媽，在他們還活著的時候多孝順他們。」梁天麟說。

「我會的。」顧念看了看手機，「時間到了，我先去見梁太太。」

「拜託妳了。」梁天麟笑著點點頭，「妳放心，無論結果如何都沒關係，我不會怪妳。這是我的遺憾，也是我的過錯。」

顧念點了點頭，走出會場大門，一輛轎車停進了殯儀館的停車場，車門被緩緩打開，她看見了準備下車的胡翠芳。

「梁太太。」顧念走上前，微微鞠躬。

「妳就是顧念嗎？」胡翠芳看起來大約六十歲左右，沒有穿著過於華麗的服裝和配戴珠寶，看起來簡單樸實、整潔乾淨。

兩人走到了休息室內，胡翠芳優雅地喝著桌上的紅茶，說話慢條斯理的，「妳比我想像得要年輕許多，黃眞人提起妳的時候，沒說妳這麼漂亮。」

「您過獎了。」

「妳一定覺得很奇怪，」胡翠芳微微笑著，捏了捏手上的戒指，「身爲他的妻子，我卻沒有主持兒子們對於遺產的爭奪，反而任由他們胡鬧，很奇怪吧？」

顧念沒有想到梁太太會問她這個問題，她想了一下，搖搖頭，「家家有本難念的經，我沒有資格過問太多。」

「梁天麟作品最多的時候，大概就是在三十五歲到五十歲的這段時間吧。那時候的他很忙碌，一個月中，回家的天數不超過三天。不是在片場拍片，就是在電視台宣傳，而我，變成唯一能夠照顧這個家的人。」胡翠芳笑道。

顧念低著頭，靜靜地聽著。

「我並不怨恨他，會走上這樣的道路，是我嫁給他的時候就知道的。」胡翠芳嘆了口氣，「所以也不能怪孩子們與父親生疏，一個個利慾薰心、錙銖必較了。」

所以兩個孩子對遺產的計較，可能就是對父愛的計較，顧念微微皺眉。

「或許對他們而言，梁天麟是大家的梁天麟，不是他們的爸爸梁天麟，這點一直都是孩子們心中的痛。我也不奢求他理解，但我很想知道，梁天麟是怎麼想我的？」胡翠芳無奈地笑了笑。

「梁先生一直說很對不起您，這麼多年讓您辛苦了。」顧念說。

「眞是沒良心，反反覆覆都是這些話。」胡翠芳搖搖頭，又喝了口桌上的茶，她停頓了一下，續道，「這麼說來，這話的確很像他會說的，看來妳跟黃天泰和劉保羅那對難兄難弟不一樣。」

顧念被胡翠芳凌厲的眼神掃得有些緊張，害怕地低下了頭。

「所以，他希望我做什麼？」胡翠芳問。

「是這樣的，」顧念皺著眉頭，很不願意將接下來的話說出口，「梁先生說……自己有一條坦桑石的項鍊，藍紫色的，旁邊鑲上了鑽石。他希望把這條項鍊送給徐紫媛小姐。」

「徐紫媛？」胡翠芳冷冷地看著顧念。

「是的。」

「妳一定是聽錯了，我先生和徐紫媛根本不認識，怎麼可能會把遺物交給她？」

「可是梁先生說……」

「閉嘴！」胡翠芳沉沉一吼，「這不可能！」

顧念沒想到胡翠芳竟會如此惱怒，一時慌張得不知如何是好。

胡翠芳全身顫抖地站起身，「妳到底是聽誰胡說八道？難道妳以爲梁天麟死了，就可以捏造抹黑，汙衊他的清譽嗎？」

「我沒有……」

「顧小姐，妳的任務結束了。」胡翠芳站起了身，「希望妳不要到處散播這種沒來由的消息，這些話我就當作沒聽過。如果外頭有任何類似的傳言或謠言，妳就等著收我的律師信。」

怎麼辦？她果然失敗了。顧念低著頭，「是，對不起。」

「安琪，妳陪顧小姐走到門口吧。」胡翠芳起身離開，留下了愣在原地的顧念。

胡翠芳的助理安琪走上前來，禮貌但又帶點歉意地點點頭，「不好意思，顧小姐，這邊請。」

走出休息室，顧念大大地嘆了一口氣，這時，梁天麟過來安慰她，「沒事，她只是嚇唬妳而已，妳不知道有多少記者愛造謠，所以她總是這個樣子，不會眞的告妳。」

顧念心裡雖然稍微舒坦了點，卻還是忍不住抱怨：「那失敗了怎麼辦？」

「也沒辦法啦，總是會有失敗的時候嘛！就是有遺憾，才是人生啊。」梁天麟笑著說。

眞是被這老人家打敗了。顧念也只能聳聳肩，接受這樣的結果。

「顧念，別自言自語了，過來把這些東西拿進去。」許崇霖說。

「來了。」顧念深呼吸，開始幫忙布置會場。

✦

台北東區的無邊咖啡廳，在這能夠鳥瞰市區的熱鬧街道，有著絕佳景致，還有私人包廂，給予顧客最隱密的環境。

「梁太太。」

墨鏡底下的美豔面容，胡翠芳是認得的，雖然只有幾面之緣，但她知道對方就是演員徐紫媛。

「謝謝妳願意過來。」胡翠芳看著她優雅地脫下墨鏡，對方臉上有著精緻的妝容，應該是工作結束後趕過來的。「最近還好嗎？」

「都好。」徐紫媛禮貌地微笑，表情裡多了一分脆弱與哀傷，「本該在上個月出席梁先生的告別式，不巧那時候剛從深圳回來，隔離了幾天，眞是抱歉。」

「沒關係，妳有這份心就好。」胡翠芳嘆了口氣，「梁天麟要是地下有知，一定會開心的。」

「梁太太……」徐紫媛微微哽咽，「謝謝您……」

「謝我什麼？妳畢竟是他的最愛。」胡翠芳搖搖頭，從包包裡拿出了一個精緻的天鵝絨禮盒。

「這是什麼，梁太太？」眼前的東西看起來好像很貴重，徐紫媛有點被嚇到了。

「這是梁天麟的遺物，他希望我把這個珠寶項鍊交給妳。」胡翠芳的表情很冷靜，沒有絲毫的不滿與怨懟。

「這怎麼行？我不能收這麼名貴的東西。」徐紫媛趕緊拒絕。

「收下吧，紫媛。身爲他的女兒，妳該收下這個。」胡翠芳點了點頭，試圖說服徐紫媛。

原來在梁天麟二十四歲，正於演藝界初露頭角之時，結交了一名徐姓女子，兩人在一起許久，卻沒有對外公開。

分手後雙方好聚好散，但是多年以後，徐姓女子的母親卻帶著徐紫媛出現在胡翠芳的面前。

當年徐姓女子發現自己懷孕，擔心會帶給梁天麟困擾，便一直隱瞞這件事。孩子生下後沒有幾年，徐姓女子因爲生了重病，不得不將女兒託付給梁天麟。

胡翠芳一直暗中照顧這個叫徐紫媛的女孩，甚至藉由人脈，介紹她進入演藝界。

胡翠芳和梁天麟曾爲了徐紫媛這個身分尷尬的女孩吵過幾回，但是徐姓女子已經過世，而且徐紫媛也安分守己，從未想要擾亂梁家的生活，所以兩人最終選擇守著這個祕密，緘口如瓶。

「當年要不是妳們母女倆爲了梁天麟的名聲著想，隱瞞了彼此的關係，梁天麟又何來這麼多年的風光和名聲呢？」

「別這麼說。」徐紫媛搖搖頭，「我一直都很敬重您，也很感謝這麼多年來您對我的照拂和關心。」

「那就收下吧，雖然梁天麟不是個好爸爸，但是他在最後想起了妳，也就是知道自己對不起妳。」胡翠芳說。

「但是我從未這樣想過，那時候的他們有許多的不得已。雖然我從小便時常感到寂寞，也曾經羨慕與嫉妒家庭健全的朋友，但我知道，或許那不是任何人的錯，就是當時的情況造就的不得已罷了。」

胡翠芳看著徐紫媛，沉默了一會。

「現在的我，終於也可以理解身爲父母、身爲公眾人物的爲難。」徐紫媛搖了搖頭。

胡翠芳看著緩緩起身的徐紫媛。

「所以梁太太，這份禮物我不能收。」徐紫媛眼眶含淚，笑得眞切，「沒有誰虧欠我，我眞的過得很好，很幸福。」

胡翠芳看著徐紫媛微微地鞠了個躬，她輕輕地嘆了一口氣，「妳眞的不收嗎？」

「因爲沒有看裡頭的珠寶是什麼，所以我還能拒絕。」徐紫媛半開玩笑地說。她背起包包，戴上了口罩和太陽眼鏡，「或許看了，就會有所不同了吧？也或許……我只是想讓爸爸感到不甘心。」徐紫媛眨眨眼，這句話讓胡翠芳笑了，「讓他帶著失望走吧，誰叫他要對不起我呢！」

胡翠芳笑出了聲，「是啊。」

徐紫媛笑著點點頭，「梁太太，再見。」

胡翠芳看著眼前的天鵝絨禮盒，緩緩舉杯，抿了抿手中的咖啡。這杯咖啡已經涼了，酸澀與苦味交雜著，已經過了最佳的賞味時刻。

第七章

「你們兩個過來！」偌大的院子中，許崇霖對著兩個拿著掃把的中年人喊道，「這邊是在掃什麼，怎麼那麼亂？」

劉保羅和黃天泰走到許崇霖面前，一臉不情願地被他訓斥。

「重掃。」許崇霖的氣勢一點都不輸眼前這兩個年紀長了許多的老人家，「既然是來做義工的，就要好好做。」

「已經很乾淨了，那裡又不會有人看到。」黃天泰低著頭回答。

「你們是爲了民眾服務，就不該管看不看得到。而且這裡這麼多往生者都看著你們，怎麼能說沒人看呢？」許崇霖冷冷地道，「掃乾淨，掃到你們問心無愧爲止。」

「是……」兩人又拿起掃把乖乖清理。

這時候顧念從化妝室走出來，準備下班。看到兩人邊掃地邊拌嘴推擠的樣子，只好上去勸架，「又打架，你們都五十幾歲的人了，連掃地都要打架？」

「沒有，都是他偷懶成性，不好好掃地！顧小姐，妳看他都掃不乾淨！」黃天泰說。

劉保羅不甘示弱地辯駁道：「我用我主耶穌基督之名發誓，我絕對沒有偷懶！」話說完，他又問：「不過，顧姐妹妳終於下班了嗎？看妳今天在裡頭忙了好幾個小時都沒出來，妳都不用休息嗎？」

「今天有些往生者的狀況不太好，需要六、七個小時修復。」顧念打趣地問：「想看嗎？」

「不用了！」兩人懼怕地趕緊拒絕。

「膽子這麼小還當神棍，還以爲你們多厲害。」顧念說。

「妳不是也很怕嗎？囂張啦？」紀子翼的聲音從顧念的身後傳來。

「喔……你回來啦。」顧念嚇了一跳，她已經好久沒有看到他了。

紀子翼點了點頭，笑著離開，顧念的眼神也跟著他一同遠去。不知道他最近到底在忙些什麼？

「那不是紀先生嗎，妳跟他很熟？」黃天泰忍不住問。

「他也是禮儀公司的小老闆，是許先生的兄弟。」顧念回答。

「他的爸爸是紀安平，人稱安平少爺，在這邊組織幫派好多年，是很有名的黑道。」黃天泰微微咋舌，「雖然後來收山不做了，但他的退休引起了其他幫派的不滿，聽說夫妻兩人後來經營的事業，也被鬧了好幾回。」

「某次械鬥死了不少人吧，紀安平夫妻都是在那場槍戰中過世的樣子。」劉保羅看著周圍進進出出的禮儀師，「原來傳說中的禮儀公司就是這家，我都不知道。」

「他現在看起來也是個流氓吧……」顧念聳聳肩。

「紀先生在地方上還行，平時也算熱心助人……只是他那個兄弟，叫潘啟達的，那個才是眞的流氓。」黃天泰搖搖頭。

「你是說那個阿達？放高利貸還吸毒的那個死孩子吧？」劉保羅說。

照理來說，紀子翼和阿達他們混在一起，應該也好不到哪裡去，但顧念相信紀子翼的爲人，雖然他總是態度散漫又不認眞，但私底下待人處事還是很溫柔的。

更何況身爲催債的人，根本沒必要對她那麼好，紀子翼沒有揍她，也沒有逼她賣器官，而是親自幫她找工作，還替她先還了款，怎麼想都是個好人。

「這裡差不多了，你們先收工吧。」一旁的許崇霖說：「顧念，妳來一下。」

「怎麼了？」

「沒事，我只是不想讓那兩個老人亂說話，惹我哥不開心。」

顧念這才聽出來他的意思，「紀子翼怎麼了？」

「這幾天，阿達和幾個兄弟被警方抓了，吸毒，還有違法經營賭場。」許崇霖嘆了口氣，「我哥這幾天費了好大的工夫，才湊足錢把人保釋出來，今天晚上怕是又要去跟他們喝酒。」

「那他們會被起訴嗎？」顧念微微皺眉。

「肯定啊。我們這幾年總是勸阿達做些正經事，但他不聽，我們有什麼辦法？」許崇霖搖搖頭，「晚上妳去接紀子翼回來。」

「我？」

「是啊，妳會開車吧？他和阿達平時喝酒總是通宵，妳去的話，他應該會早點回來，畢竟他那麼喜歡妳。」許崇霖講得一副理所當然模樣。

「喔……」一旁的學長聽到了這句話，「喔」得戲謔。

顧念無奈地翻了個白眼。許崇霖怎麼又講這種話？真討厭。

✦

顧念洗完澡出來，看著時鐘的時針已經指到了十點。她先打了通電話給媽媽道晚安，便出發去接紀子翼。

顧念心想，她沒有拒絕去接紀子翼，或許是因爲她和許崇霖一樣，非常相信紀子翼的爲人。

「你上回明明才說不安全，叫我不要自己過去店裡找他。」顧念來跟許崇霖拿車鑰匙。

「妳看得到鬼啊，這點黑又算得了什麼？而且我哥在，他不會讓妳怎麼樣的。」許崇霖冷笑道。

他又知道了？顧念不滿地努嘴，但還是不敢多說什麼，拿到車鑰匙後，她照著許崇霖給的地址開過去。

雖然路燈很亮，但不熟路的她爲了安全，仍然開得很慢，又因爲公司在深山裡頭，來來回回要經過許多鄉間小路才能到達目的地。二十分鐘後，顧念終於到了街上那家傳說中的網咖。

網咖看起來舊舊的，不管是塑膠招牌還是店內的櫃台設備，似乎都沒有在維護和清潔，也不知道有沒有在營業。門口的玻璃門上雖然貼著Close的標誌，但門卻沒有被關上，裡頭隱約還有些燈光。

顧念打了電話給紀子翼，但是沒有人接，她只好直接走進去。沒事，她可是連鬼都看得見的女人。

店內空蕩蕩的，快走到後門的時候，顧念聽到了一陣吵雜的人聲，她往更裡面走去，打開了後門，果然看到一群男人圍成一桌，正在喝酒。

店後面的裝潢和網咖完全不同，卻一樣有些老舊。玻璃窗、大櫃台，一旁貼著「汽車、機車、金飾、名錶」的字樣，看起來像一間傳統當舖。

其中一個男人發現她，表情和語氣都很兇，「妳誰啊？」

「對不起，我找紀子翼。」她慌張地縮了一下。

「喔，我知道她是誰。」其中一個高個子站了起來，身體搖搖晃晃的，「吳慧君那個賤人的保人，顧什麼的，上次我們去禮儀公司沒看到這女的！」

「就她？」另外一個胖胖的、穿著灰白色背心的男人笑了起來，「子翼哥替她還錢的那個？」

「對，就她。」高個子笑得頹喪，低頭靠近顧念的臉，伸手要碰她，嚇得她往後退了兩步，「我就奇怪，明明找到吳慧君那個賤人了，爲什麼還要放過她？確實是長得可以啊，難怪子翼哥喜歡！」

他就是阿達嗎？顧念皺眉，這才對他們剛剛說的話有所反應。找到吳慧君了？

這話是什麼意思？

顧念正想問個清楚，後頭廁所的門打開了，紀子翼走了出來，「妳怎麼來了？」

「小老闆讓我來接你。」看到紀子翼，顧念不禁鬆了口氣。

「別急著走嘛！」高個子笑得噁心，伸手拉住她的手腕，「妳幾歲？陪我們一起喝酒啊。」

顧念看得出來高個子非常年輕，頂多是十幾二十歲的小朋友而已。

「阿達，好了。」紀子翼繞過阿達，來到顧念的身邊，「我們回去了。」

「子翼哥慢走。」阿達笑著放開她。

顧念跟著紀子翼穿越了黑暗的走廊，她看他喝得很醉，猶豫著要不要扶他一把，但紀子翼不讓人扶，走得東倒西歪。

費了一番工夫，兩人終於來到店門口。顧念拉著他上車，看著他臉紅暈眩的模樣，心想，現在問他關於吳慧君的事，他也不會回答吧？於是顧念決定還是先開車回宿舍。

上了車，她準備發動車子，但看到紀子翼沒繫安全帶，只好轉過身替他繫上。

紀子翼全身又是菸味又是酒氣，臉色紅得嚇人。顧念再仔細一看，發現這個男人的睫毛很長、鼻梁很挺、肩膀很寬，漂亮的刺青爬在他的頸部，以前覺得很可怕，現在卻只覺得性感撩人。

她用力扯了一下安全帶替紀子翼扣上，他的眼睛眨了眨，嚇得她趕緊放手，坐回自己的位置，繫上安全帶，發動汽車。

「他們很可怕嗎？」紀子翼問。

「還好。」

「怕什麼，遇到流氓就是要比他們更大聲啦。阿達那個小智障，打他腦袋就好了……」

「我聽說了他們的事。」顧念說。

「……嗯。」紀子翼回話的速度慢到顧念以為他已經睡著了，「……最終，我還是保護不了阿達。」

顧念聽許崇霖說過，阿達的父親年輕的時候常跟在紀子翼的父親身邊，因此紀子翼認為，自己有這個責任要照顧阿達。

「我想，你努力過了。」

「屁啦！我連自己是好是壞都不知道，怎麼勸他向善？或許我根本覺得很麻煩……誰知道呢？」紀子翼笑著說。

「你……是好人啊。」顧念開著車，偷偷覷了他一眼。

「是嗎？」

紀子翼的回覆輕得幾乎沒有重量，她都懷疑自己的耳朵聽錯了。透過後照鏡，顧念看到他的表情黯淡，手撐著頭，眼神迷茫地看著窗外。

過沒多久，紀子翼似乎睡著了。

顧念想，睡著了也好，讓他多睡一下，或許不會這麼難受。只是幾天不見，他好像瘦了許多。

對紀子翼而言，或許和阿達在一起的時候，他才能重溫自己和父母相處的那段時光。所以不只是因爲責任感，可能這也是紀子翼用來想念雙親的方式。

當顧念開車回到公司、停好車，辦公室和許崇霖房間的燈都已經關了，顧念只好明天再去還車鑰匙。她搖了搖紀子翼，「到家了，紀了翼。」

她想起在酒店喝醉的那次，當時紀子翼可能也是這樣開車帶她回家的，她現在才知道，一切都是天理循環。

顧念在紀子翼的口袋裡找到了鑰匙。她先下車去開門，再努力地把他扛下車。

在殯儀館訓練有素的她，扛起這麼一個大活人應該也不是什麼難事，她可以的，她對自己有信心。

她讓他順勢倒在自己的背上，一開始，她還覺得自己計算得剛剛好，應該可以成功完成任務，於是緩緩背起他，走向房間。

但她還是小看了對方的體重，明明紀子翼看起來那麼瘦，重量卻一丁點都沒少。另外，顧念也沒想到，雖然他的房間在一樓，但光是門前的兩個矮台階，就足以把她折磨得半死不活。

好不容易到了房間，顧念把紀子翼丟上床，再回車上拿他的東西。

鎖好車門後，顧念跑回紀子翼的房間，替他脫鞋子和外套，還幫他蓋好了被子。

正當她準備離開，卻被一把拉住了衣襬，害得她跌坐在地上。

「別走。」紀子翼說。

顧念搞不懂，這人到底是醒著還是睡著？

「我得回去睡覺了，放手。」她忍不住抱怨：「你醒著爲什麼剛剛不自己走？你眞的很重。」

紀子翼沒有回應，仍然拉著她的衣襬不放。

「好了啦。」顧念使勁拉了幾回，還是無法將自己的襯衫衣襬從他的手中抽回。

最後，她只好坐著喬出一個比較舒服的姿勢，勉強靠著床坐在地上，但她背後的衣服還是被拉起了一大片，露出了半截腰部。

滿身大汗的顧念脫下外套，抽了兩張衛生紙擦汗。她心想，等他睡著了，就會放手了吧？

「你到底有什麼毛病……」她埋怨道。

「我好寂寞。」紀子翼說。

她很想對紀子翼說，他有家人、有朋友。許家的人對他照顧有加，把他當成自己的兒子。況且個性海派爽朗的他，在同事間也很受歡迎，他有什麼好寂寞的？但她知道，即使關係再好，都不是自己的親人。

失去父母的他，現在又失去了阿達，這個時候一定很難過。

「其實阿達也不喜歡我，我整天不准他做這個、做那個的，我都不知道我到底去幹麼……」

「沒事，你是個好哥哥，他會明白的。」顧念沒有轉身，任憑他拉著自己的衣角，淡淡地說。

「是嗎？」

雖然知道在這種時候，可能不該問他這個問題，但是顧念還是很在意，於是沉默了許久後，問道：「紀子翼，你喜歡我嗎？還有，阿達他們說已經找到吳慧君了？」顧念轉身，好奇地問：「既然已經找到她了，爲什麼還要替我還債？爲什麼不去找她？」

紀子翼的手緩緩落下，放開了她的衣襬。

顧念盯著紀子翼的臉龐，想看看他是否眞的睡著了。

「騙人，你聽到了吧？」顧念不滿地說。

紀子翼一動也不動。

顧念瞪著他的臉，希望他只是在裝睡，等一下就會起來了。

瞪了許久後，她放棄了，伸手摸了摸他的頭髮，沒想到觸感比想像得還要軟一些。

顧念起身離開紀子翼的房間。外頭開始下起雨，雨點被強風吹成水花，淅淅瀝瀝地打在窗框上，樓梯間流淌著微涼的溼氣，顧念擁緊了身上的外套，回到自己的房間。

正在等待她的噹噹看著窗外的天氣，被顧念的開門聲嚇了一跳。回頭望向她的眼神微微一閃，然後又沉靜地緩緩轉頭看向窗外，像是看透了什麼。

✦

顧念今天起晚了，醒來的時候已經十一點多，好險今天沒有班。

她沒吃早餐，而是走到辦公室裡頭找些書來看，順便跟許崇霖借了兩本書，還有還昨天的車鑰匙。

「幾點回來的？」許崇霖問。

「十一、二點吧。」顧念乖乖回答。

「我看到妳背著他走上台階的樣子，滿好笑的。」

「……那你為什麼不來幫忙？」

「因為氣氛挺好。」許崇霖笑道。

顧念翻了兩個白眼，正準備回房時，剛好看到紀子翼走出來。

紀子翼看到顧念的時候，表情微微尷尬，咳了兩聲，「早。」

「早安。」他昨天果然是在裝睡，顧念皺眉。

「昨天謝謝妳。」

念。

「不客氣。」她哼了一聲，懶得看他。

紀子翼似乎沒有注意到她的情緒，轉身離開了宿舍區，只留下了滿頭煩惱的顧念。

噹噹這幾天怪怪的，似乎有些悶悶不樂、緊張的樣子，也很少跟她撒嬌，不知道是不是身體不舒服，或許要找時間帶牠去看獸醫。

自從經歷了上次那一個和紀子翼有點尷尬的晚上後，她對紀子翼產生了很多不滿。她不懂，爲什麼紀子翼沒有告訴她已經找到慧君了，這點讓她感到很煩躁。

「所以，妳要幫我嗎？」突然，有個漂亮女孩的靈魂繞著她走來走去。

顧念搖搖頭。這個女孩已經纏著自己三、四天了，也好說歹說地勸過好幾回，她已經盡力了，「對不起，我拒絕。」

「爲什麼？」女孩哭得梨花帶雨，清麗的美貌讓人驚豔。

這個女孩叫姚雨晨。去年九月的一檔實境節目，讓她在演藝界紅透半片天。

當時有謠言指出，她是個富二代，父親是投資理財公司的董事，住在台北大安區的信義聯勤大樓，那裡可是超級豪宅，許多達官貴人都住在那邊。

姚雨晨不僅長相美麗，穿搭也時尚有型，她的每個名牌飾品、配件和包包，都被女孩們爭相仿效。

除此之外，還有人謠傳，她是英國曼徹斯特大學畢業的高材生，說著一口流利的英語，還懂得投資理財。這讓大家認爲，她不是個只有外表漂亮的芭比娃娃，而是內外兼具的人生勝利組。

於是姚雨晨的網路聲量大增，個人頻道的訂閱數超過了一千多萬，成爲全國最受歡迎的網路美女。她在國內、國外都累積了不少粉絲。

就在去年年底，姚雨晨突然被爆料，說她的學歷和家世都是假的，她本人其實高職畢業之後就開始工作，也根本沒有住在豪宅裡，而是住在桃園龍潭的一個小公寓裡，就連她身上的名牌也是假的，都是仿製品。她的一切全都是經紀公司營造出來的假象。

本來被捧得像天上的星星一樣的女孩，突然受到了廣大群眾的攻擊，網路上到處都是沒有經過證實的謠言，有的眞，有的假，姚雨晨一下子崩潰了。

粉絲眞的很有趣，她紅的時候說她漂亮，說她時尚高級，當她跌入谷底的時候，就說她又醜又土，鼻子長得奇怪，都是靠修圖或整容。

美和醜似乎只有一線之隔，喜歡和討厭也是。難道才隔了兩個禮拜，她就不是同一個人了嗎？

後來，姚雨晨死於嚴重的抑鬱，她服用了大量藥物並割腕自殺，轟動社會，新聞接連播報了好幾天。這時候又有許多人開始懷念她的美好，開始惋惜，開始說她其實是個善良甜美的女孩，這一切都是經紀公司的錯。

「對不起。」看著她漂亮的臉孔，顧念只能道歉。

「妳難道不同情我的遭遇嗎？」女孩哭得傷心。

「我很同情妳，我真的很同情妳，但是真的不行。」顧念誠實地對她說。

「爲什麼拒絕我呢……我不是說了，那些人是用捏造謠言的方式傷害我！」姚雨晨很難過，哭個不停。

「我知道是他們的不對，但是妳要我對他們下毒，開車撞他們，讓他們死於非命，這要我怎麼幫忙？」顧念皺起眉頭，「妳應該要有點常識。」

「妳怎麼這樣……」姚雨晨更難過了，擦了擦眼淚，「我以爲妳是個熱心助人的人，沒想到這麼冷血！」

「我不是。」顧念聽到這句話，有些無奈，「我只是一個碰巧能夠看得見鬼魂的普通人，能不能夠幫助別人完成願望，我還是必須量力而爲。」

姚雨晨咬牙切齒，最後還是離開了。

偶爾會有像姚雨晨這樣無理的往生者出現，給顧念製造不少難題。

姚雨晨選擇以死來逃避生命中的磨難，就必須接受這樣的後果，既然逃避了自己的人生，就不要抱怨還有許多願望沒能夠完成。

顧念當然不是鼓勵姚雨晨去傷害那些欺負她的人，但是當她還有聲音可以訴說、還有力量可以抵抗的時候，她都不願意做了，又怎麼能夠在死後，奢求別人代替她完成呢？

✦

這天回到家已經很晚了，大約九點多，顧念在車上吃了晚餐。疲累的她洗完澡，準備換上睡衣的時候，突然感到一陣冰冷，那是一股從背脊裡透出的冰冷，是前所未有的惡寒。恐懼席捲全身，這是她從未有過的感覺。

她正看著鏡子，思考爲什麼會有這樣的感覺時，那股冰涼再度爬上了她全身，涼到有些刺痛。此時，鏡子裡突然浮現一張恐怖的臉，嚇得她驚慌失色地尖叫。

那張臉已經失去了原本的樣貌，就算是鬼魂半透明的樣子，也不曾讓顧念覺得這麼毛骨悚然。

鏡中的臉已變成恐怖的深綠色，皺紋和疣幾乎占滿了整張臉，兩顆眼珠又大又充滿敵意，臉上掛著讓人不寒而慄的笑容。

對方伸出兩隻枯瘦到像骸骨一樣的手爬向顧念，左手還汩汩地冒著血，「妳要是不幫我，我就要變成厲鬼……」

是姚雨晨！

顧念拍了拍自己的胸膛，心臟正狂跳著，她忍不住罵道：「又不是我害妳的，妳在想什麼！」

「妳這個冷血的女人，我要帶妳一起走。」

「走開！」見過那麼多次鬼了，顧念還是第一次被這樣威脅。姚雨晨的模樣實在可怕，顧念只能逃到房間的角落，看著她慢慢逼近而不斷尖叫，「不要過來！」

是她忘了，不屬於這個世界的鬼魂本來就是可怕又可敬。她最近見鬼見得太過頻繁，以爲他們都會像她之前遇到的那些往生者一樣溫和。太過自以爲是的她，其實從來就沒有了解過他們。

姚雨晨笑得邪氣，伸出了長長的舌頭，接近尖叫不已的顧念，「妳不是很囂張嗎？不是總是拒絕我嗎？我一定要殺了妳。」

突然一陣強勁的壓力襲來，「砰」的一聲把姚雨晨打倒在地。

姚雨晨向後倒在地上，接著被緩緩舉起，背緊貼著牆壁，「怎麼可能……」

顧念不清楚發生了什麼事，但是她知道自己不可能擁有如此不尋常的力量，將身為鬼的姚雨晨打飛。

她低頭一看才發現，剛才將姚雨晨打飛的，竟然是站在地上的噹噹。

只見噹噹全身都泛出了藍色的細細光芒，眼神銳利地緊盯著前方的姚雨晨。牠回頭對顧念說：「妳先去把衣服穿上。」

噹噹會說話？顧念被嚇得腦中一片空白，只好先披上放在床邊的睡袍。

牠的聲音渾厚有力，是個男人的聲音。牠面對姚雨晨搖搖頭道：「好的不學，學壞的，難道妳覺得任何人幫妳做事，都是應該的嗎？」

姚雨晨倒在地上，因為疼痛，她的表情變得越來越恐怖、扭曲。

「妳既然拋下了現世的生命，就該切斷與現世的恩怨，不要執著。」噹噹緩緩放開姚雨晨。

「對不起。」姚雨晨哭了起來，「我只是想……嚇嚇她……」

噹噹的語氣沉靜而憐憫，但即使如此，牠的氣場卻足夠讓人不寒而慄，「我知道妳恨，但是這一切不是她的錯，妳很清楚，對吧？」

姚雨晨全身顫抖，痛哭不已。

「不要用別人的罪，懲罰自己。」噹噹嘆了口氣，「妳是個好孩子，可以理解這一切的，對吧？」

嘴嘴到底是什麼人物？顧念縮在房間的角落，看著姚雨晨的面貌慢慢恢復原本的模樣。

「我理解，謝謝茶蓼大人的開解。」姚雨晨一邊抽泣，一邊點點頭。她在地上跪坐著，用力磕了磕頭，「對不起……顧小姐，對不起、對不起……請原諒我。」

接著她慢慢消失了形體，隱沒於空氣之中。

顧念癱坐在地上顫抖不已，「你……你是誰？你不是一般的貓嗎……」

「妳覺得妳是爲什麼突然擁有陰陽眼，還能夠跟往生者對話？」嘴嘴回過頭，靜靜地看了她一眼，「這不是巧合。」

顧念慌了手腳，一時之間不知道如何是好。

「我慢慢跟妳解釋。」嘴嘴點點頭，跳上了她的床，打了個哈欠，就像普通的貓一樣。

「所以你到底是誰……」顧念不敢摸牠，在稍遠的地板上恭敬地坐下，「你一直都會說話嗎？」

「嚴格說起來，我是一隻貓妖。我的名字叫茶蓼，是星子神社的一名幹部，今年三百歲左右。我在降伏妖怪的過程中受傷了，後來被妳的母親救起。」

「喔……」顧念還是有些不懂，噹噹是妖怪？

「因為受傷，我少了一條腿，力量又減弱了，加上妳是個善良的好人，其實我也想過，是不是以後就直接以家貓的身分安分地過活。」噹噹嘆了口氣。

顧念恍然大悟，難怪噹噹總是能夠明白她的意思，總是這麼貼心，不吵不鬧。她還以為是因為自己很幸運，才能擁有這樣一隻懂事又乖巧的貓。原來一切都有跡可尋。

「但是我的能力漸漸地跑到周圍的人身上，導致妳擁有了陰陽眼，開始和往生者對話。這能力也曾經跑到樓下的那個男人身上。」噹噹說。

樓下的男人，是紀子翼，應該是指和李伯伯比手語的那一次。

的確，顧念本來並沒有陰陽眼，她還以為是因為接觸了這份工作，才發現自己擁有這個能力，原來並非如此。

「本來我認為，妳是個好人，所以這項能力應該不會給妳帶來困擾，但我太樂觀了，人有百百種，鬼魂自然也就有百百種。」噹噹微微笑著說，聲音渾厚而溫柔，「今天讓妳陷入這樣的險境，我很抱歉。」

顧念當然知道這個道理，只是擁有這個能力，到底能夠掌握到什麼程度，接下來又會碰上什麼樣的事情，她確實無法預料。

顧念傻愣愣地搖搖頭，「……但還是謝謝祢救了我。」

「我休養的時間夠久了，就要離開了。妳的陰陽眼也會在我離開之後，慢慢地消失，自然也就不會再給妳帶來困擾了。」

「可是……」顧念猶豫了一會，還是緩緩開口，「可是能夠幫助往生者，完成他們的願望，我是很開心的，如果我沒有陰陽眼，以後該怎麼繼續幫助他們？」

噹噹笑了，「孩子，妳的工作是送他們最後一程，而妳認眞的態度，就已經是最好的幫助。」

顧念當然明白，但還是有些捨不得，「祢要去哪裡？以後我們就不會見面了嗎？」

「雖然離開了，但我還是會時時刻刻照看著妳。」噹噹點點頭，打開了門，回頭笑了笑。

「茶蓼大人，祢就……不能不走嗎？」

「好好照顧自己，顧念。妳是個好孩子，妳所做的一切良善之事，都會有福報的。」噹噹點點頭，然後縱身一躍，消失在走廊盡頭，與夜色融爲一體。

顧念呆坐在門大開的房間內，久久不能動彈。

這段時間，她的身上發生了好多事，像是一場災難，但更像是奇蹟。

或許一切都是上天最好的安排，她因爲吳慧君而失去原本的工作，卻意外成爲了遺體化妝師。她因爲媽媽而認識噹噹，得到了這個奇妙又有點恐怖的能力。

茶蔘大人說得沒有錯，即使她失去能力，也還是能夠繼續幫助往生者，但她還是覺得捨不得，捨不得這個使她擔驚受怕的能力，也捨不得已經相處了幾個月的噹噹。

離別來得很突然，果然，不管看了多少次的生離死別，發生在自己身上的時候，才會知道這有多難受。

明明噹噹只是回到祂原本生活的地方而已，明明噹噹說會繼續照看自己的，明明噹噹就不是一般的貓，明明只是相處了幾個月，她還是很傷心。

因爲不管噹噹是誰，對於來到陌生的地方工作的她而言，這麼多個孤獨又難受的夜晚，都是噹噹給予她力量的。

經過走廊的郭丹琪，看見顧念一個人坐在地上哭，便上前關心，「怎麼了？發生什麼事了？」

「噹噹走了……」顧念一邊抽泣，一邊回答。

「走失了？不見了嗎？要不要幫妳找？」

顧念搖搖頭，抹抹臉上的淚水，「不用了……」

「妳別哭，我讓同事幫妳找找吧？」

「不用了，祂不會回來了……」顧念抓著郭丹琪，忍不住大哭了起來。

「爲什麼不會回來了？怎麼回事啊？」郭丹琪一頭金髮散亂，看顧念哭得傷心，也只能傻傻地抱著她，輕輕拍著她的背安慰，「妳別哭啊！」

✦

噹噹已經離開一個禮拜了，而她的能力也消失了，這一個禮拜內，她都沒有再看見任何往生者的靈魂。

顧念幾乎無法好好地面對工作，她失去了這項能力，又失去了噹噹，就好像失去了所有一樣。

這樣的她，還能夠幫助往生者嗎？往生者的遺憾又要怎麼彌補呢？

「臉頰這裡有缺角沒有補好。」檢查的前輩說：「妳是怎麼回事啊？平常也不會犯這種錯誤啊。」

「抱歉抱歉……」顧念趕緊道歉，「我最近有點不在狀態上，以後我一定會注意的。」

顧念平時都很認眞地工作，前輩也不想苛責她，拍了拍她後，便離開了。回到殯儀館大廳，準備要回去休息的顧念，看見紀子翼停好車走了進來。

「美女！」

他大概不曉得她心情不好，根本不想接受他的玩笑，顧念想起吳慧君的事情都還沒有處理，心一橫，決定直接和紀子翼攤牌。「我有話要問你。」

「怎麼了？」紀子翼不明所以，「妳今天怎麼了？心情不好？」

「慧君。」顧念看著紀子翼，「你們是不是找到慧君了？」

見紀子翼似乎有些訝異，顧念知道自己想的並沒有錯，這讓她感到大失所望。

「爲什麼要隱瞞我？」顧念的聲音微微顫抖。

「事情不是妳想像的那樣。」紀子翼抓住了她。

「那是怎樣？」顧念的聲音很無力，「你是不是覺得我好欺負？會聽你的話在這邊一輩子工作下去？不然你爲什麼只找我而不去找慧君？」

「不是。吳慧君的確是出現了，但是我們沒辦法找她，是有理由的，妳要相信我。」

「什麼理由？」顧念的聲音尖銳到連她自己都感到驚嚇，「你就是一直不斷地在騙我，要我怎麼相信你？」

紀子翼一時說不出話來。

「我還一度覺得你是個好人！」顧念甩開了他的手，「結果你和吳慧君一樣，說把我當朋友，結果也都是在利用我！」

「不是這樣的……」紀子翼想要解釋，但是卻欲言又止，「吳慧君她現在……」

「怎麼了？吵架了？」這時候許崇霖走了過來，看見兩人的氣氛似乎不太好，「顧念，怎麼了？」

「沒事。」顧念微微鞠躬，向後退了一步，「我先回宿舍休息了。」說完，她便轉身離開。

回到房間的顧念心情仍然不好，她沒有開燈，只是坐在書桌前默默地抹淚。其實她一直都在猶豫，到底什麼時候要跟紀子翼攤牌，她好希望一切都是誤會，也希望紀子翼能夠給個很好的答案。

但是她想多了。

她果然又是那個不聰明、反應慢，然後被利用了的角色。

她失去了噹噹，失去了工作的時候應該要有的自信，也失去了在這裡唯一的朋友。她都不知道自己爲什麼要留在這裡，爲什麼不回家去？

反正她那一百五十萬都被紀子翼還了，她就算逃跑也不會怎麼樣吧？想到紀子翼，顧念又覺得有點難過了。

這時候門被敲了兩聲，她擦了擦臉打開門，居然是許崇霖。

「燈也不開？」許崇霖進門，表情似乎很平和，「今天發生什麼事了嗎？」

「沒事。」

「聽說妳最近心情不太好？」許崇霖關上了門，兀自找了個地方坐下。

「嗯。」顧念漫不經心地回答。

「今天那些流氓孩子都被起訴了，我哥陪他們去開庭，心情很受影響。」許崇霖又說。

顧念嘆了口氣，這些事情都是他們自己做的，又能怪誰？顧念才不要同情這個騙子。

「聽說妳的貓走丟了，心情不太好，既然如此，我放妳兩天假吧，回家休息幾天，散散心也好，回來之後或許一切都沒事了，行嗎？」許崇霖提議。

「……嗯。」能夠放假當然是好的，雖然不知道會有什麼實質的幫助，但顧念還是點點頭，答應了這個提議。

第八章

回到家裡，顧念的心情並沒有變得比較好。

「煮什麼啊寶貝女兒？一回來我就聞到香味了。」倒是她媽媽的心情超級好，畢竟顧念難得可以回來給她煮飯，當然開心了。

「妳不是想吃豬腳嗎？我早上去買了六斤，給妳燉大鍋一點，這樣冰起來妳可以慢慢吃。」顧念說。

「我們家女兒最孝順了。」劉素華雀躍地放下了包包，坐在沙發上滑手機，「這麼多菜，我怎麼吃得完？讓妳爸今天回來吃飯吧，我們好久沒有一起吃飯了。」

「嗯。」顧念點點頭，沒有阻止她。

於是一個多小時後，顧立鈞來到了家中用餐。「念念還好嗎？工作辛不辛苦？」

「不辛苦。」顧念搖搖頭，心情還是不太好。

顧立鈞不明所以，用疑惑的眼神看向劉素華。

「貓咪丟了，她心情悶著呢。沒事。」劉素華說。

「貓咪丟啦？沒關係，老爸再給妳買一隻吧？」顧立鈞提議。

「不要。」顧念搖搖頭。爸爸不懂，她才不要別的貓，再怎麼可愛都不是噹噹了。

手機的訊息聲不斷響起，家屬還在發訊息給她，是過幾天的案子。家屬與她聯繫後，會寄給她一些往生者的照片，方便她修復、化妝使用。

顧慮到爸爸和媽媽，顧念趕緊把手機放進口袋裡。

「工作這麼辛苦？如果眞的很累的話，回來桃園做也行，做一般的工作也可以，不要勉強自己，慧君的錢我們慢慢還就可以了。」劉素華笑道。

「沒關係。」顧念搖搖頭，雖然她也曾經想過，反正紀子翼都把錢還了，自己乾脆跑掉算了，但也只是想想罷了，眞的這樣做也太沒品了。

或許紀子翼是有苦衷的，所以才沒有告訴她已經找到慧君了，或許她該聽聽他的解釋，但是不是現在，現在她因爲失去了能力和噹噹而身心交瘁，都不知道自己還能夠撐多久。

爸媽的感情眞的很好，兩個人偶爾一起吃飯、聊聊天，沒有婚姻的束縛，好像反而過得更好了，眞是讓人羨慕。

顧念去了趟廁所，回來時看到爸媽已經窩在沙發上一起追劇了，爲了不當兩人的電燈泡，她只好回到房間裡自己待著。

躺到一半才發現自己的手機好像放在沙發上了，打開房門要回去拿，卻看見媽媽正在看她的手機。

媽媽和她的視線對上的時候，她知道自己糟糕了。

「念念，這是什麼？」劉素華起身，聲音顫抖且眼神驚懼，「妳到底……做什麼工作？什麼遺體？什麼往生者？妳倒是說話啊！」

「我、我在禮儀公司當化妝師。」

「什麼？多久了？」劉素華問。

她正想要回答，但是劉素華卻沒給她說話的機會，繼續質問：「妳缺錢可以說，爲什麼勉強自己接觸屍體？還替屍體化妝？這份工作那麼可怕，妳爲什麼要逼自己去做那種工作？」

「一開始我是因爲錢沒錯，但是我後來是眞的喜歡這份工作，我能夠幫助家屬，也能幫助往生者，我覺得很快樂。」顧念搶回自己的手機，解釋道。

「喜歡這份工作？妳瘋了嗎？」劉素華歇斯底里地喊道：「妳要幫助人，妳可以做社工、捐錢、捐血，需要用這種方式嗎？那些可都是死人！妳不要鬧了！」

顧念氣得眼淚盈滿眼眶。

「妳爲什麼要這樣說我的工作……」

「素華，妳別這樣逼問孩子。」顧立鈞趕緊站起來打圓場，「媽媽不是那個意思，現在工作當然是不好找，但是，也沒必要做那種工作啊，爸爸可以給妳介紹……」

「什麼叫那種工作？我做得好好的幹麼換？」顧念一臉委屈。

「那不是什麼正經工作！根本不適合妳這樣二十幾歲的小女生做！妳這樣怎麼談戀愛？怎麼結婚？別人會怎麼看妳？」劉素華抓著顧念，「如果是爲了還錢，那我拿錢給妳還，我貸款都可以幫妳還，馬上把工作辭掉！」

「我不辭，我就要做這份工作。」顧念擦乾眼淚，搖搖頭說：「我已經決定了。」

「念念啊……媽媽雖然講話重了點，但也是爲了妳著想，這工作做下去，多少人會笑妳？多少人會看不起妳？」顧立鈞說。

「你們別管我！」

「我話就說在前面了，妳不辭，我就去妳公司找你們老闆，幫妳辭掉！」劉素華吼得滿臉通紅。

「我都二十七歲了，妳不要這樣好不好？」顧念的聲音也忍不住大了些。

「我們都是爲妳好……」顧立鈞說。

不等爸媽說完話，顧念拿著手機，轉頭就回到房間裡。

✦

在家待了痛苦的兩天，好不容易回到宿舍，顧念又迎來忙碌的日子。

她雖然也像其他同事一樣，用心地照顧往生者，卻總覺得自己好像少了些什麼，空落落的。

「念念，最近怎麼有點沒精打采的？」呂美和看見顧念一個人回到辦公室整理資料，好奇地問她。

「啊……抱歉，我已經沒事了。」顧念趕緊搖搖頭，「讓老闆娘擔心了。」

「明天要上班嗎？」呂美和笑著問道。

「嗯，要。」

「沒關係，明天要做的案子都交給崇霖吧，陪老闆娘去個地方。」老闆娘這樣說，顧念自然也不好拒絕，只好點點頭答應。

隔天，呂美和帶著她去見了幾個業務，又在幾個大型法會場地到處見客戶和家屬。

看著呂美和忙碌地談場地、協調活動流程，顧念其實也聽不太懂，只是在一旁幫忙提行李、拿文件。

「妳知道四大法會是什麼時候舉辦嗎？」呂美和問。

「清明、中元、重陽、年終。」顧念乖乖回答。

「對，清明就要到了，家屬會回來看他們，塔位和陵園的管理也就需要檢查和確認，環境整潔、動線觀察，還有一系列的供應都要齊全。我們是屬於傳統禮儀公司，不像大公司上市又上櫃，全台灣到處都有陵園和辦公室，管理起來自然也就比較耗時間。」呂美和說。

「嗯。」顧念點點頭。

「妳知道，這份工作有許多的黑幕嗎？早期這方面的生意，也多半都是當地的黑道在把控的。」呂美和笑著說出了這讓人驚愕的內容。

顧念一時不知道該回什麼。

「每一份工作都有它光鮮亮麗的地方，但當然也會有黑暗的、見不得人的部分。人過世的時候，業務還會去醫院搶屍體，這個生意好賺，大家當然都想分一杯羹，不管是黑道還是財團，那都是白花花的錢。」

顧念點點頭，雖然有些訝異，但也稍微能夠理解。她太注意自己手上的工作，沒有想過一個公司內，其他部門的工作內容，也沒有從產業類型的角度來看過這份工作。或許是自己太過天眞，自認爲是在幫助人，但實際上，卻根本不了解這個行業。

「不管我們對往生者有多麼心存敬畏，但是在商人眼中，那些都是利益。」呂美和似乎一點也不覺得自己說的話很奇怪，她看著車窗外快速掠過的風景，笑得自然，「我也不怕妳知道，以前我和紀子翼的爸媽在一起混的時候，就是這樣看待殯葬這塊大餅的。」

顧念有點驚訝，心裡有著說不上來的複雜。

「所以當別人因爲我做這份工作，而對我露出畏懼的眼神時，我都不會去在意，這是我選擇的工作，有所得也就要有所犧牲。」呂美和笑著拍拍顧念，「怎麼？嚇到了？」

「一點點……」

「除了之前王瑞瑩的事，我還從崇霖那邊聽到了一些關於妳的特殊能力。他說妳能看到鬼魂，總是想要幫助往生者，雖然做這行這麼久了，偶爾也聽過一些靈異事件，但妳的狀況也的確很特別。」呂美和手撐著臉，看向顧念，「妳喜歡這個能力嗎？」

「我也不知道。」顧念皺皺眉，「一開始有點困擾，但是等到失去了之後，我又覺得可惜……」

「因爲覺得自己不再能夠幫助往生者了嗎？」呂美和笑了。

「嗯。」顧念心想，老闆娘是不是覺得自己很幼稚？

「妳有沒有想過，要是自己現在死了，會是什麼感覺？」呂美和笑道。

「嗯？」顧念從來沒有想過這件事，愣了一下。

「以妳現在的心境，想像一下吧。如果是我的話，我有一堆貸款要處理，還有公司的事、婆家的事，各種煩惱。崇霖個性冷淡又有潔癖，到現在都還沒交女朋友。子翼雖然單純，但整天罵髒話還沒個正經，他喜歡的女生根本看都不看他一眼，不知道他未來會是怎樣。」呂美和看了看顧念，鼓勵她開口，「說說看？」

「嗯……我應該也會很遺憾，很難過吧。我還年輕，爸媽一定會捨不得，我工作做得不上不下的，還沒把慧君的錢還完，而且也不知道慧君到底爲什麼要騙我，我也沒機會知道理由，好不甘心……」顧念說。

「所以，妳的遺憾和不甘，是一件、兩件嗎？」呂美和問。

顧念搖了搖頭。

「既然有這麼多悔恨，難道我們都能一一替往生者處理嗎？」呂美和嘆了口氣，「妳知道嗎？人生就是擁有遺憾、擁有失敗，所以才會這麼精采。」

顧念眨眨眼，似乎知道老闆娘的用意了。

「我當然不希望員工在面對生死時太過不莊重，不過也不需要妳把這份工作看得過度崇高或偉大。這是我們的工作，是有意義的，但是我們不能去拯救別人的人生，也不能一一收拾別人的遺憾。」

顧念點點頭。

「這是他們人生的課題，要靠他們自己去拯救。」

車子開進了院子裡頭，裡面有一棟酒紅色建築，看起來像是公家機關的建築。

「把東西都留在車上，帶隨身的包包就可以了。」呂美和說。

「好的。」顧念跟著呂美和下車，這才看到這棟建築物上的幾個大字——新竹監獄。

顧念和呂美和一起走進監獄的大門，雖然是監獄，但外表看起來很正常。在服務台抽了張號碼牌後，她隨著呂美和坐下等待，然後辦理接見手續。

呂美和拿出要帶給阿達的物品給矯正機關的人檢查，同時嘆了口氣，「阿達這個孩子，十八歲之前都養在我的名下，他變成這個樣子我也有責任，我工作忙碌，照顧子翼和崇霖已經讓我分身乏術。」

顧念看著老闆娘，她的表情裡似乎有許多懊悔。

「阿達自小失去父母，又不像子翼那樣聽話，幾乎是對所有人都充滿敵意，就算是子翼，也是花了好幾年的時間與他相處，才得到他的信任。雖然我們能做的有限，但也不會輕易放棄……」

沒多久，服務台叫到了呂美和的名字，於是她起身，跟著相關人員來到了會面接見室。接見室就像是電視上看到的那樣，一格一格的單人隔間和透明的櫥窗，對面坐著穿著灰白色短袖上衣和短褲的受刑人。

雖然顧念只是站在一旁，但也能感覺到監獄的氣氛並不如想像得那麼可怕，即使是受刑人，面對家人也會笑也會聊天，露出溫柔的表情。

阿達來了，是上次在那間網咖看到的高個子男生，他很年輕，滿臉的青春痘。看到呂美和的時候，他翻了個白眼，很不耐煩地說：「妳怎麼又來了？阿姨。」

「我來看我兒子，你管得著嗎？」呂美和也沒生氣。

「誰是妳兒子……」阿達嗤了一聲，滿滿的不以爲然。

「少抽點菸，最近我把你爸、你媽的墓都打掃好了，也獻了花。」呂美和說。

阿達好久都沒回話，過了許久才吐出一句：「幹麼做這些有的沒的！」

「你是我們家的孩子，這都是我該做的。」呂美和笑了笑，「等你出來了，跟哥哥們好好地學習工作，別再做些不正當的事。」

阿達皺眉，沒有回話。

「你都供出上游，減刑減到只剩下三年多而已，少一副未來被毀掉的模樣。」呂美和笑著說。

阿達的目光低垂，看著桌面，一臉不情願，「妳少管我，囉嗦。」

「我當你說了聲謝謝。子翼在家裡每天都很難過，你別傷他的心了。」呂美和搖搖頭，「過幾天再來看你，臭小子。」

雖然這次跟阿達的會面，並不算是太理想，但是顧念好像理解了點什麼了。

生命有限，人們無論什麼時候離開，都一定會有遺憾，所以老闆娘只能盡人事聽天命，希望能夠幫助阿達。

顧念懂了。誰的能力不是有限的呢？她不該妄想自己能夠讓這些往生者都死而無憾。

原來自己並沒有看透死亡，她只能幫助往生者完成一些大的心願和遺憾，就像是垂死掙扎，就算達成了這些願望，也無法讓往生者眞正的解脫。

或許只有在自己接受了這些遺憾時，才是眞正的解脫與自在。

梁天麟曾說過「沒有遺憾，生命又怎麼會如此可貴」，顧念現在終於理解這句話的意思。

她應該要幫助還活著的人，在有限的生命裡盡力去完成自己想做的事。

只要活著，一切都還有希望。她太重視那些死後的遺憾，卻忘了實際上更應該照顧的，是活生生的這些人。

葬禮從來不是做給死人的，而是做給活人看的，處理好往生者的遺容，送他們最後一程，安慰家屬，讓他們走出傷痛，才是這份工作的重點。

✦

回到宿舍之後，顧念再次傳了訊息給媽媽，重申自己對這份工作的想法。

經過了幾週的時間，疫情在二〇二一年的五月又爆發了，從五月中開始，一天的確診數經常是幾百幾百地在跑，到處都聽得到救護車的聲音。殯儀館更是沒有閒著，一下子多了好多確診者的死亡案例。

確診者的處理方式和一般的往生者不同，遺體化妝師不需要爲他們化妝或清潔，這是爲了避免接觸傳染。

遺體從醫院領回後要直接送火化場，確診者的家人多半也在居家隔離之中，所以家人可能連最後一面都無法看到，只能由禮儀公司代爲處理。

顧念和同事們要去醫院將遺體套上雙層屍袋，之後再直接入殮封棺，替往生者辦理死亡證明，還要助念禱文、引魂安靈等等，事後與家屬的聯繫也相當重要。

整套處理下來相當繁瑣複雜，還要了解宗教方面的一些祭儀流程，顧念因爲剛進公司不到半年，有些記不住，所以許崇霖讓他們分開處理。

於是紀子翼和另外兩名學長，帶著她和郭丹琪總共五個人，要負責所有的一般遺體，剩下的人則是去負責確診的遺體。

顧念他們雖然不像資深同事一樣，每天都暴露在危險之中，隨時可能被感染，但由於工作量變多，上班的氣氛也因爲疫情的快速擴散變得有些凝重，大家的壓力自然也就大了許多。

「沒事，正常睡覺、正常吃飯，身體健康是最重要的。」紀子翼上車的時候這麼對大家說。

顧念聽到他說的話，別過了臉沒有回應。雖然經過了呂美和的開解，顧念又重新拾回對工作的熱情，但她還是不想原諒紀子翼。

「好的，子翼哥。」郭丹琪笑得諂媚，「聽說筠婷姐那邊忙得很，每天都要火化三十具以上的遺體，也不知道火化場吃不吃得消。」

「已經分流了，有些比較遠的，七月開始會送到新竹市那邊。」開車的學長解釋道，「他們跑得距離更遠，也會更辛苦一些。」

「爲了生活，爲了幫助往生者，我們要繼續加把勁！」紀子翼對著大家信心喊話，「一定可以撐過去的，加油！」

今天一切都很安穩，天氣晴朗，工作調配也都相當穩妥，一整天下來流程都很順暢。

中午休息過後，顧念接到了醫院送來的遺體。

她打開了一層屍袋，才發現底下還有一層，她拉開拉鍊，一張熟悉的臉映入眼簾。

怎麼會是吳慧君？

顧念嚇傻了，她覺得自己一定是認錯人了，打開屍袋確認手環，上頭寫的確實是吳慧君的名字。出生年月日、身分證字號，一個字都沒有錯漏。

顧念全身顫抖了起來，伸手摸了摸眼前的吳慧君，「怎麼……怎麼會……」隔著塑膠手套，她感覺到吳慧君只剩下冰涼的溫度。為什麼隔了這麼多個月沒見面，再次見面時她卻死了？

顧念忽然想起，兩層屍袋，代表吳慧君是因確診而死的。

這時候紀子翼衝進房間裡，把屍袋的拉鍊迅速拉上，一旁兩個穿著防護衣的同事衝上前，開始消毒，並將屍袋重新包好，準備直接運走。

「送錯了。」紀子翼解釋，但顧念根本不聽，整個人想要衝上前。

「你放手！那是慧君！等一下！」顧念在紀子翼的懷裡掙扎，瘋狂地哭喊：「你有看到嗎？你看到了吧？慧君怎麼會在這？你們要送她去哪裡？」

紀子翼先噴了顧念一身的消毒酒精，再壓著她，想讓她冷靜一些，「妳冷靜一點！不要再亂動了！」

「你叫我怎麼冷靜？你放手！」眼淚浸溼了顧念的口罩，面罩也是霧氣滿滿，她歇斯底里地掙扎，話語破碎紊亂，全身更因為恐懼而劇烈顫抖，「你是不是……

早就知道慧君確診了？」

隔著兔寶寶隔離衣，紀子翼點了點頭。

「爲什麼……都不告訴我……」顧念崩潰地跪坐在地上。

紀子翼喊了郭丹琪過來，交代她一些事，「丹琪，通知我弟弟，派人手過來，顧念現在沒辦法做事。」接著他攙扶顧念到更衣室，並且把門鎖上，「妳待在裡面好好冷靜，做好消毒，不然我不會開門。」

✦

聽說，吳慧君在今年一月帶著公司的資料逃跑了之後，並沒有前往韓國，而是去了南部。

隨著男友索求的金額越來越高，債務問題也像滾雪球一般越滾越大，逼得吳慧君不得不向地下錢莊借錢。除了紀子翼手上的這一百五十萬元之外，在其他地方欠的債更是不計其數。

「是別的地下錢莊找到了她。」紀子翼的表情凝重，「但是找到的時候，她已經確診了，在醫院隔離，病症很嚴重，所以……我沒有告訴妳。」

顧念現在才知道，原來紀子翼沒有告訴自己實情，是在爲她著想。

「我以爲她會好起來，就像她那個先確診的男朋友那樣，她還那麼年輕……」

紀子翼嘆了口氣，遞給顧念一杯水，「對不起。」

她沒有接下那杯水，而是伸手抹去眼淚，情緒仍然無法平靜下來，「這不公平，我還沒聽她親口解釋，還不知道她男朋友到底是什麼問題……她居然就這樣走了，這不公平……」

「顧念。」紀子翼的表情很複雜，伸手拍拍她，「請節哀，我們都不希望發生這件事。」

更讓顧念感到無力的是，她見到鬼魂的能力已經消失，要是噹噹還在，或許她就可以看得到慧君，或許她也可以親自弄清楚這件事的原委，但是她現在什麼都不能做，只能依靠紀子翼告訴她的片段去拼湊推論。

吳慧君眞的是因爲這樣，就欺騙了自己嗎？顧念總覺得沒有聽她親口說出來，就無法眞的相信。

「顧念，這兩天妳休息吧，不要上班了。」顧念回到辦公室的時候，許崇霖對她說。

顧念愣了一下，在這麼忙的時候，她怎麼能休息？「我不……」

「由不得妳。一樣給妳兩天時間，希望妳可以振作一點。」許崇霖的表情雖然嚴肅，但語氣是滿滿的關心。

「是啊，妳就休息幾天吧，不要勉強自己。」就連平常幼稚的郭丹琪也勸她，認眞地說：「我們做這一行，難道不知道朋友過世這件事，有多不容易嗎？」

於是顧念只能點點頭，接受了這個提議，乖乖在房間裡休息兩天。

吳慧君的媽媽和弟弟都住在外地，她的男友也結束隔離了，他們都有可能參加告別式，她要參加嗎？

顧念想告訴媽媽這件事，想要和她討論現在該怎麼辦。但是上一回，她傳給爸媽說想要繼續在禮儀公司上班的訊息，到現在都還是被他們已讀不回。或許爸媽還在生自己的氣，因此顧念現在也只能看著手機畫面發呆。

除了吳慧君之外，似乎沒有任何人能夠給她答案。沒有人能告訴她，吳慧君做這些事的理由，這一切都是無解，因爲吳慧君死了，永遠不會有人回答。她的忿忿不平、不甘和無奈，也就無處宣洩。

紀子翼每天晚上都會去看看顧念的狀況，看她吃得少，還點了食物給她，昨天是魚丸湯，今天是蚵仔煎，「吃點吧，美女。」

「我不喜歡蚵仔煎。」她嘆了口氣。

「我喜歡啊，一起吃吧。」紀子翼嘻皮笑臉地說，走進了她的房間。

顧念房間裡的擺設跟之前一樣，貓砂、爬架、玩具，都還在。顧念想，或許有一天噹噹會回來，所以她要先替祂準備好。

紀子翼看了也沒有多說，只是沉默地幫顧念將餐具和食物擺在小矮桌上，催促她坐下吃飯，「聽說妳晚餐沒吃？」

「減肥。」她說。

「妳這麼瘦還減肥？吃點吧。」

顧念很慶幸紀子翼沒有裝模作樣地說些好聽話來安慰她，只是像平常一樣，滿嘴無聊的垃圾話，因爲這樣，她心情反而好了一點。

吃了兩口，顧念便不想吃了，但她又不想要浪費食物，所以還是夾起青菜，嘗試吞下肚。

「多吃點，現在大家都叫外送。疫情的關係，街上像是空城，一個人都沒有，好多公司都停止上班，學校也都提早放暑假了，看起來好嚇人。」紀子翼打趣地說。

「我們是有工作的人，應該要更努力才對。」顧念說。

「是吧？」紀子翼從身後的塑膠袋裡頭拿出一罐綠茶，遞給顧念，「不用上班的人可以喝茶，睡不著的話，可以玩遊戲、看書。」

顧念抬起頭正想要說些什麼，紀子翼側身在她的唇上輕輕地親了一下，嚇得她向後退。

接觸只是輕輕的一瞬間，顧念沒能來得及思考那是什麼感覺，只驚嚇地看著紀子翼的側臉，什麼話都說不出口。

「上次的回答。」紀子翼也沒有覺得不好意思，抓抓頭髮說：「我挺喜歡妳。」

「你可以用說的。」顧念愣了許久，臉紅得不像話，想著上回他果然有聽到她的問題，眞的是在裝睡。

「我對我親生父母的印象只到十歲。」紀子翼突然說起了自己的故事，「新聞上說他們是黑道，是販毒又傷人的犯罪者，但是我不覺得。在我的印象中，他們雖然對別人很兇，對我卻很溫柔。」

顧念抬頭看著他。

「小時候，每當我被欺負，被其他人說我爸媽都是殺人犯時，我就忍不住產生好多疑問，好想知道他們到底是怎樣的人，又爲什麼留我一個人孤單寂寞？所以我一開始很羨慕妳能夠看見鬼魂、聽見他們的聲音，因爲我很想知道我爸媽當初到底在想什麼，但是後來我看開了。」

顧念的眼中滿是淚水。

「我想，我只要記得他們溫柔美好的一面，那就足夠了。」紀子翼說。

的確，雖然說起來很沒骨氣，但是她一直記得吳慧君這麼多年來與她相處的點點滴滴。即使吳慧君欺騙了她，留下美容室的爛攤子，讓債主找上門，但是顧念還是相信，她們之間的相處和美好並不是假的。她眞心希望這份美好能夠持續到最後，而不是用這種方式，畫下兩人友誼的句點。

顧念知道，不管最後的別離是多麼不堪，她都得接受。就像以往她所幫助過的往生者一樣，即使結果令人難以承受，他們都得嘗試放下。

人們會不斷遇見能夠陪著自己走過一段路的朋友，也會不斷地面對分離。儘管結局不一定都是圓滿的，不一定盡如人意，他們還是得接受。

接受一場場圓滿或不圓滿的離別，然後放下，才是人生最重要的課題。以往她對往生者的家屬這樣說，如今她也必須對自己說。

紀子翼笨拙地抽了兩張衛生紙替她擦眼淚，顧念恍惚中感覺自己臉又紅了，雖然她也不知道自己到底有沒有喜歡這個流氓，但對於他的關心和付出，還是感到溫暖。

這是現在的她最需要的溫暖。

「對不起，上次找你吵架，不知道你是為我著想，才不告訴我慧君的事。」她有點不好意思地解釋。

「沒什麼，反正我也瞞不住什麼。」紀子翼苦笑道，「有機會吵架也是緣分。」

「緣分嗎？」這話讓顧念笑了起來。

「是啊，沒這機會我也不知道，妳這個平常安安靜靜的悶葫蘆，兇起來有夠恐怖。」紀子翼半開玩笑地說。

「我哪有……」顧念尷尬地擦眼淚。

「哪沒有？是誰說『都是在利用我』。」紀子翼學著顧念怒罵的樣子，看起來非常滑稽，果然讓顧念破涕為笑。

「我才沒有這樣！」她又氣又笑地打他。

「妳是個堅韌的人，總是認眞面對所有難題，不輕易認輸，這就是為什麼我介紹妳來做這份工作的原因，也是我喜歡妳的理由。」紀子翼又臉不紅氣不喘地告白了，害得顧念覺得一陣尷尬。

「反正錢我已經還了，借據也已經銷毀，妳可以慢慢還給我，我不催妳。」紀子翼說。

既然借據已經銷毀，在地下錢莊的那筆帳也就一筆勾銷了，她就算不還，紀子翼也不能拿她怎樣。「要是我不還呢？我逃走，不在這裡工作呢？你怎麼能就這樣給出一百多萬？你又不了解我這個人。」

「那就當成我追女生的成本啦！如果我真的看錯人，也只能自認倒楣了。」紀子翼苦笑道，這話讓顧念也跟著笑了。

「坦白說，我沒追過幾個女生，妳應該要覺得很驕傲！」紀子翼說。

「驕傲嗎？」

「當然，我喜歡的女生都是厲害的角色！」紀子翼大笑，「除了要很正之外，通常脾氣又壞又拗，很難搞的那種！」

「我才沒有很難搞。」

「有啦！妳比我好幾任女朋友都難搞，又固執、又挑剔，想說什麼還不直接說出口，非要別人猜！」

「我才沒有。」顧念瞪了他一眼，想要回嘴，卻對上他真摯的眼眸。

紀子翼笑著看她愣住的表情，竟伸手撥弄她的頭髮，「所以，妳肯定會沒事的。」

顧念心想，太自動了，這個人。

「當然。」顧念點點頭別開了眼，臉上還有點紅。這時候的她，實在沒有勇氣看著紀子翼，「我一定會沒事的。」

吃飽喝足後，紀子翼收拾了碗筷，準備離去，「多多休息，回到工作崗位上的時候，要和以前一樣，一切都要好好的。」

「知道了。」顧念點點頭，看他走得匆忙，忍不住抓住了他的衣襬，「那個……」

「怎麼了？」

「可以陪我去嗎？慧君的告別式。」顧念說。

紀子翼看著顧念有些猶豫的表情，大概也知道她的尷尬，於是點點頭說：「當然沒問題，但妳什麼時候要回答我？」

「回答你什麼？」顧念問。

「喜不喜歡我啊？我都說了，是不是該輪到妳回答了？」紀子翼又說了一次，似乎覺得直接開口告白根本沒什麼。

「……我要想想。」顧念不好意思地低下頭，「現在我只是……就……不討厭。」

「妳好囉嗦喔，不討厭不能試試看嗎？」紀子翼皺眉。

顧念搖搖頭，「再說吧。」

「好啊，要這麼難搞就是了，我喜歡！」紀子翼聽了居然也沒生氣，只是哈哈大笑地接受了，拍拍她的腦袋說：「早點睡啊！」

✦

參加了這麼多場告別式，這卻是顧念第一次以一個親朋好友的身分來到這個會場。

這天是六月三號，顧念來到告別式的現場。在熟悉的會場中，有著純白色的布景，黃色與淺粉色的花朵，中間擺放著吳慧君的照片，她的感受和平常大相逕庭。

疫情期間，來的人三三兩兩，都是親戚，後來她沒有拜託爸媽一起來參加，只是用訊息通知了媽媽一聲。

吳慧君才二十七歲。

她還記得第一次見到吳慧君的時候，對方留著齊瀏海，一頭長髮挑染了紅色，帶著天眞活潑的表情，唐突地闖入了顧念的世界。

「同學，妳也是美容科的嗎？」吳慧君掛在臉上的笑容，永遠是顧念心中最燦爛的。

吳慧君的成績很爛，總是吊車尾，所以常常拿些課業上的問題來煩顧念，顧念覺得自己的成績也不怎麼樣，加上她的個性內向害羞，所以總認爲吳慧君對她太過親密，不懂得掌握分寸。

但是吳慧君就像是認定了這個朋友一樣，不斷地接近她，一次兩次的拒絕也從未讓她退縮，後來習慣了，也就甩不掉了。

她們十六歲的時候認識彼此，十八歲畢業，二十五歲時創業。現在她們二十七歲，而吳慧君卻也永遠停留在二十七歲。

一切怎麼能夠發生得那麼快呢？轉眼即逝。時光就在她們的笑鬧之中，被揮霍得丁點不剩。

「我以後想要開一間美容室！」高職一年級的吳慧君，某天突然興奮地跑到顧念的面前，拿著筆記本分享自己的想法，「名字我都想好了，Joy MakeUp Studio！希望每個來我這裡化妝的女生，都可以充滿歡喜的笑容！」

「自己開業不是要花很多錢嗎？」顧念皺眉。

「我現在存！」吳慧君斬釘截鐵地說：「以後我就不喝飲料了！」

「妳少喝飲料能夠存多少錢？」顧念搖搖頭，「畢業之後妳要考科大嗎？科大畢業之後我們要先找工作，得先存錢才行，房租和申請店家的費用，一個月就要好幾千……」

「我們？妳說我們？」吳慧君又驚又喜，跳上前去抱住了她，「從來沒有人這麼支持我的夢想！就連我媽也都說我是白癡！」

顧念皺著眉頭，覺得吳慧君抱得好緊好緊，她都快要喘不過氣了，同時，她的臉上也悄悄泛著喜悅的紅暈。

總是較爲木訥的顧念，反應雖然比較慢，但對於吳慧君她是喜歡的、心疼的，也眞心爲她的夢想感到擔憂。

「但是，我們眞的要努力做，創業很不容易的。」顧念說。

「我知道、我知道，我只是好開心！」吳慧君一邊尖叫，一邊說：「我們一起考上科大吧，畢業之後，我們一起開美容室！」

那時候的所有景象都還歷歷在目，她們花了很長的時間念書、考試，費盡心力考上弘光科大進修班後，兩人白天打工，晚上念書，然後終於在二十五歲那一年，開了這家美容室——Joy MakeUp Studio。

然後一切都沒了。花了十年構思設想、存錢建立起來的小美容室，只需要半年便化爲烏有。

她哭著跪坐在吳慧君的照片前，所有發生過的事情都好像一場夢。

「念念……」吳慧君的媽媽從南部趕上來，握著她的手哭得亂七八糟，「慧君怎麼會死了呢？妳沒跟她在一起嗎？爲什麼她會確診呢？爲什麼會有這麼多人找上門來討錢……慧君到底幹什麼去了？」

面對一無所知的吳媽媽，她猜想，換電話號碼的事，大概也是吳慧君自己擅作主張的。顧念什麼話都說不出口，過了一會，才搖搖頭說：「對不起……我也不知道爲什麼會這樣……」

「我們還不出錢怎麼辦？」吳媽媽又驚又怕，不知所措。

「辦限定繼承。」紀子翼從顧念的身後走來，向吳慧君的媽媽解釋，「拋棄繼承只限於辦理申請的人，地下錢莊的人還是會去找其他親戚討錢，辦理限定繼承後，其他繼承人也視爲限定繼承，那些人不會再找上門，如果再找就直接報警。」

紀子翼解釋完，吳慧君的媽媽這才恍惚地答應了。

直到告別式結束，顧念都沒有看到吳慧君那個傳說中出國留學的男朋友，聽說他和吳慧君一樣，都感染了新冠肺炎，或許他的身體還不是很好，所以沒有過來吧。

顧念原本的口罩已經被哭溼了，避免危險，她還是走去廁所換了一副。

當她換完口罩、準備回去的時候，一輛黑色的豐田汽車開到了廁所旁邊，一個男人走了下來，端詳了她一會後，問：「妳就是顧念嗎？」

「我是。」顧念微微皺眉，她不認識眼前的男人。

「我是吳慧君的男朋友，謝仲學。」男人的表情頹喪，帶著一種非善意的躁動，讓顧念微微起疑。

「借一點時間聊聊可以嗎？」男人問。

顧念心裡正覺得奇怪，有些猶豫的時候，等得不耐煩的謝仲學走上前，將她拉進了轎車之中。

上車後，車門馬上被反鎖。

「你想要幹什麼？」

「開車。」謝仲學赫然在她面前亮出一把刀。

第九章

「不好了、不好了！」劉保羅和黃天泰兩個人跑進會場裡，大喊：「紀先生！紀先生！」

紀子翼正在幫忙同事搬運物品，「怎麼了？」

「該死的口罩，我要呼吸困難了……」劉保羅氣喘吁吁地說：「我剛剛……在外面掃地，看到那個漂亮妹妹，那個……顧姐妹，被拉上一台車！」

「什麼？什麼車？」紀子翼問。

「一台黑色的豐田！在廁所那邊！對方好像有刀！」黃天泰說。

「劉保羅，馬上去找我弟，調監視器。」紀子翼察覺不妙，連忙拿起手機打給顧念，但是電話卻被直接轉入語音信箱，這的確很反常，因為就算顧念今天不用上班，也知道手機要隨時開著通知。紀子翼馬上回頭喊人：「黃天泰！報警！」

✦

謝仲學拿刀架著顧念，讓她把車子開上高速公路。他拿走了顧念的手機，使她沒辦法通知紀子翼，只能默默開車。

顧念試圖讓自己的聲音聽起來冷靜一些，「你……到底要幹麼？」

「你知道慧君在新北市土城……的玉山銀行，有一個保險箱。」謝仲學說話斷斷續續的，根本沒辦法一口氣說完，這使得顧念懷疑他的精神狀況有問題，「密碼……妳知道密碼嗎？」

「我怎麼可能會知道？」顧念忍不住問：「……你是怎樣？不舒服嗎？」

「閉嘴！關妳屁事！」謝仲學吼道，滿臉的淚痕加上全身顫抖，他看起來好像很冷，「吳慧君說……密碼只有妳會知道！快給我想起來！」

「有事可以慢慢講……密碼什麼的，也可以慢慢推敲，需要這樣嗎？」顧念被嚇了一跳，卻還是穩住聲音說。

「不要以爲我不知道……妳一定會報警！」謝仲學咬牙切齒道。

「我可以不要報警啊，你、你不過就是抓我上車聊天不是嗎？需、需要報警嗎？」顧念雖然很害怕，卻還是裝出嘻皮笑臉的樣子，這都是跟紀子翼學的，「密碼……慧君不是都用那組生日的密碼嗎？」

「我不知道，我進不去銀行！」謝仲學的表情扭曲，好像承受極大的痛楚。

「你到底怎麼了？哪裡不舒服？哪裡痛嗎？」顧念轉頭看著他全身幾乎被汗水浸溼，摀著胸口很痛苦的樣子，忍不住勸他：「還是我們先去醫院？」

「妳別管我！」謝仲學拿刀指著她，「開車！」

顧念推測對方應該是犯了毒癮，看著他又癢又痛地到處扭動，眼淚、汗水直流的樣子，知道這個男人的狀況不太好。「可是，我不太常開車……我不熟……我們要下林口交流道還是土城？」

「廢話，土城啦……」謝仲學摀著胸口，用力喘氣。

紀子翼說過，遇到流氓就是要比他還大聲，她不能表現出自己很害怕的樣子，她要冷靜。

顧念想要拖延時間，於是顧左右而言他，「話說……你韓國留學得不順利嗎？」

「什麼韓國？誰去留學？吳慧君嗎？」謝仲學一臉疑惑。

原來連男友留學都是騙人的嗎？顧念心中暗暗不滿，語氣也從顫抖中恢復冷靜，「吳慧君說你出國留學，需要金錢資助……不是眞的嗎？」

「什麼狗屁韓國，我在高雄港工作。」謝仲學冷哼了聲，表情帶著些許不屑和冷漠，「那女人跟妳說什麼妳都相信？」

顧念有些震驚，只能用力地嘆了口氣，「只要打開保險箱，就沒我的事情了吧？」

「等一下我跟著妳下車，一起進銀行，別想逃，我怎樣都能找到妳……」謝仲學喘著氣說：「我還、還知道妳爸媽住在哪裡……」

「你眞不會威脅人。」顧念可是被地下錢莊的人威脅過的人，還見過一堆鬼魂，這人的威脅根本不算什麼，強裝鎭定的她冷哼了一聲，「你今天來，只是想開這個保險箱，繼續吸毒嗎？」

「關妳屁事！」謝仲學舉刀對著她。

「我還以爲你會因爲慧君過世感到難過，難道你只把她當搖錢樹？」顧念雙唇顫抖，但說出口的話語卻毫無畏懼。

「閉嘴！閉嘴！」謝仲學歇斯底里地揮舞著刀，「妳不要命了嗎？女人！」

這時候，後方來了兩輛警車。

「妳他媽的敢報警？」

「我沒有！」顧念搖頭，豆大的汗水正在一顆一顆順著額髮落下，「不是我！」

「給我開！開快點！」謝仲學抓著她大叫。

「沒用的！警車就在我們後面了！」顧念嘗試跟他說理，「警方也有可能會開槍射我們的輪胎……」

後方的警車果然開始鳴笛，並且廣播：「前方轎車請靠右緩慢停駛於路肩！前方轎車請靠右緩慢停駛於路肩！」

顧念放開了油門，準備靠右停。

「妳停什麼車！叫妳他媽的開快一點！」謝仲學掐住她的脖子，再次把刀逼近她的臉。

看見謝仲學拿著刀子在自己的眼睛旁邊揮舞，顧念一時慌張，用力且急切地踩下煞車。

「妳幹什麼……」一煞車，謝仲學整個人「砰」的一聲向前滾到擋風玻璃處，刺耳尖銳的煞車聲維持了四、五秒，整個車身劇烈搖晃，向前滑行了幾公尺，直到撞上了護欄，車子才好不容易停下來。

謝仲學氣急敗壞地想要爬起身教訓顧念，「幹……」

沒想到突然又「砰」的一聲，後方的警車閃避不及，撞了上來，巨大的撞擊讓車子又往前衝，再次撞向護欄，撞擊力道之大，讓安全氣囊瞬間爆開來。擋風玻璃碎裂，顧念眨眨眼睛，看到眼前的謝仲學滿臉是血，然後便失去意識，昏了過去。

她聽到耳邊吵雜的聲音，有救護車、警車，醫護人員檢查她的傷勢，她很想跟他們說她沒事，只是一點皮外傷，就是頭有點痛，但是她卻睜不開眼睛。

她好想找尋紀子翼的身影，不知道是不是他報警的，是不是他發現自己不見了？她是不是真的安全了？但是她沒辦法，她暈眩得像是整個人躺在海中央，身體和臉沒入海水，緩緩下沉，陷入一場無止境的黑暗之中。

寧靜的黑暗中什麼都沒有，沒有煩惱也沒有恐懼，她像是被自己的夢境吞噬似的，雖然漸漸失去意識，卻感覺異常的安穩與舒服，身體的每個地方都是放鬆的，她像沉浮的小船，漫無目的地到處搖盪，又像一尾深海的魚，在水與水之間任意悠遊。

「妳還眞是勇猛啊！居然在高速公路上急煞，這眞的太危險了，妳知道嗎？」一個熟悉的聲音傳入了她耳裡。

「慧君？」顧念一開始還是恍惚的，想說是誰在說話啊？但當她意識到這聲音很像慧君的時候，便瞬間清醒了。她張開眼睛伸手到處抓，卻什麼也抓不到，四周仍然是黑的，沒有任何光線。

「是我。」吳慧君的聲音聽起來很遙遠，卻又清楚地傳入顧念的耳中，「是我對不起妳，讓妳受苦了，念念，對不起。」

「慧君，到底發生什麼事了？到底爲什麼要這樣對我？」顧念皺著眉頭，眼淚不由自主地盈滿了眼眶。

「是我的錯。我不敢告訴妳，只是因爲我愛面子，我總是炫耀自己有男朋友，當然也不敢承認自己其實喜歡上一個吸毒的爛男人……就怕妳看不起我……」吳慧君的聲音眞摯，帶著哭腔，「我也沒想到，他會像是個無底洞一樣……」

「……妳眞傻……」顧念心疼地想要擦去她的眼淚，卻什麼也摸不到，「這樣爲了他，沒有下限地犧牲自己，得到了什麼？」

「我也不知道。」吳慧君苦笑道：「可能我眞的很傻吧，對不起啊，念念。」

說這麼多，她都已經離開了，又有什麼意義呢？顧念嘆了口氣。

「對了，那個保險箱裡的東西，都是留給妳的，希望能夠補償妳，也希望妳能原諒我。」吳慧君吸了吸鼻子，「眞的對不起。」

「別說了……我們之間……哪有什麼好對不起的。」顧念搖搖頭。

「密碼妳知道的，是我們公司的統編。」

顧念皺眉，難怪謝仲學會說只有她知道密碼。她又氣又笑地說：「妳真的是……很會給我找麻煩……」

「時間差不多了，我得走了。」吳慧君的聲音變得有些模糊，「真的對不起，我不奢求妳原諒我……只希望妳過得好……」

「等一下！慧君！」

「妳要謝謝那隻白色三腳貓，是祂帶我來看妳的。」

是噹噹，顧念嘗試要抓住吳慧君，「等一下！妳別走！」

「對不起，我真的得走了……」越來越模糊的聲音，提醒著顧念這一切都要結束了。

「不要！妳不要走！」

「念念，眞的對不起，沒想到我會這樣傷害妳……妳永遠是我最好的朋友，對不起。」吳慧君說。

「慧君！」顧念張開眼睛，眼前是刺眼的白色天花板與橘色布簾，淚水讓她的視線變得模糊，隔了一會她才發現自己的手上吊著點滴，身上蓋著綠色格紋的被子。原來她在醫院裡。

「她醒了！念念，妳不要緊吧？有沒有哪裡痛？」劉素華緊抓著女兒的手，「寶貝，沒事吧？」

「紀子翼……我見到慧君了……」顧念滿臉都是淚水，慌張地到處找尋，「……慧君呢？」

劉素華被女兒問得不知所措，「寶貝，我是媽媽呀，慧君過世了不是嗎？今天早上妳才參加過她的告別式，還是妳傳訊息告訴我的啊……」看著女兒半夢半醒的尋找已經過世的好朋友，劉素華實在心疼，卻也只能握著女兒的手婉言安慰。

顧念這才慢慢地清醒過來，點了點頭。她的頭好痛，一摸才發現自己的頭上包著紗布。

「沒事，妳只是還沒有完全清醒，傷勢不嚴重，護理師和醫生都看過了。再睡一下吧，寶貝。」

顧念點點頭，難受地再度閉上了眼睛。

✦

她從中午入院之後，便一直待在醫院裡。確認腦震盪的狀況沒有惡化，傷口也都恢復得很順利，醫生說她隔天就可以出院了。

晚上，警方來做了筆錄，也還原了當時的狀況。

「這個人被通緝了一段時間，都是靠女友接濟在生活的。」女警向顧念解釋，「後來因爲確診住院，被警方逮個正著，他痊癒了之後，我們本來要將他帶走，但是他趁著交班時間逃出去。他開的車也是在醫院的停車場偷來的。」

「原來如此……」

女警收拾了東西，準備離去時又回頭說：「對了，醫院因爲規定只開放一人陪病，妳如果好點了，就聯絡一下家人、朋友或同事吧，當初報警和跟著警車一起趕來醫院的，有個叫紀子翼的男生好像很擔心妳，在醫院樓下等妳等了好幾個小時，都晚上了。」

「媽！妳怎麼不跟我說？」顧念這才驚慌起來，「我手機咧？」

「我忘記了嘛！」劉素華也跟著手忙腳亂，「在這，在這，我有看到來電，但是我不知道密碼。」

「未解鎖可以接電話啊……」顧念打開手機，趕緊打電話給紀子翼。

電話馬上就接通了。

「醒啦！我就知道妳沒有看到我的訊息！」紀子翼的聲音還是和平時一樣的爽朗，一點也沒有不開心或生氣，「沒事吧，頭撞到了痛不痛？」

「你在一樓嗎？你先不要走！我下去找你。」顧念起身，推著點滴瓶就想下樓。劉素華看見顧念急急忙忙的樣子，也馬上跟著她一起走出病房。

疫情期間是不能隨意探病的，需要到樓層的管制區按鈴開門，才能到電梯門，她們等了一會才順利出來，搭著電梯下到一樓。

顧念也不知道自己爲什麼這麼心急，一到一樓就到處找尋紀子翼的身影，最後在便利超商的門口看見了他。

紀子翼回頭，看見顧念，馬上上前問道：「身體如何？不要緊吧？」

一看見紀子翼，顧念便大概知道自己爲什麼那麼急著要找到紀子翼了。

發生事情的時候，她就想著紀子翼會不會出現？會不會發現她不在殯儀館？會不會想辦法來救她？在黑暗中聽到吳慧君的聲音時，她也迫不及待地想要跟他分享這件事情。

不只是因爲他是唯一知道自己祕密的人，還因爲無論好的、壞的，她都想要第一時間跟他說。

雖然紀子翼就像流氓一樣髒話連連，滿身刺青看起來又兇又可怕，但總是用心對待每一個人，也曾爲了照顧她的心情而說謊。不管她發生了什麼事，他總是在她的身邊保護她、體諒她。

紀子翼是她喜歡的人。

顧念衝向紀子翼，緊緊抱住他。

紀子翼雖然很吃驚，卻本能地接受她的擁抱，短暫露出了驚喜、開心的表情，又馬上裝成酷酷的樣子，咳了兩聲，問：「妳……這是什麼意思？」

「上、上次的回答。」顧念眨眨眼，這才感覺自己的行爲有些唐突，結巴了起來。

他們的擁抱只持續了幾秒鐘，紀子翼便突然拉下她的手，「妳點滴倒流了！別亂動！」

「所以不給我抱？」顧念有點意外。

「給啊。」紀子翼拉下她環繞在自己肩膀上的手，有些捨不得地牽著顧念，就怕她走，「可是妳媽在。」

聽著兩人拌嘴，劉素華在一旁笑得合不攏嘴，「你們玩、你們玩，我去便利商店買點宵夜。」

「你沒想像得那麼直接嘛。」顧念取笑紀子翼。

「妳也沒想像得那麼膽小啊。」紀子翼也笑，「綁架妳的人沒什麼大礙，包紮後已經被送到附近的派出所了，妳不用擔心。」

「嗯……謝謝你報警救了我，也謝謝你等了我一天。」顧念有點感動。

「綁架妳的人到底是誰？」紀子翼眉頭緊蹙，看著顧念，見她精神還不錯，才鬆了口氣。

顧念向紀子翼解釋了來龍去脈，他這才大概了解了狀況。

劉素華回來後，顧念不好意思地介紹：「他是我公司的同事，紀子翼。」

「我知道，剛剛我來醫院的時候有見過。」劉素華似乎非常喜歡紀子翼，「男朋友就男朋友嘛，這我至少看得出來，長得好帥，個子也好高。我能不能拍張照給爸爸看？」

「不行，爸爸會生氣，別拍了。」顧念趕緊阻止，「有機會我再帶他回家。」

「眞的？」劉素華和紀子翼異口同聲，兩人的表情都是又期待又驚喜。

「我是說……有機會的話！」顧念忍不住翻白眼，「你快回家！我們上樓！」

回到病房，劉素華又開心地繼續稱讚紀子翼，「他長得眞帥，個子好高。」

「我以爲妳會嫌他滿身紋身，嫌棄我們的工作。」媽媽像是少女一樣的花癡反應，讓她不知所措。

「現在年輕人刺青有什麼？我才不嫌棄。妳不知道在急診室等我和妳爸爸來的時候，他抱著妳的東西在外面有多緊張，我一眼就能看得出來，他很喜歡妳。」劉素華笑著調侃，「長得又帥又體貼……」

顧念住的六人病房裡，滿是劉素華歡快的聲音，這使得她很尷尬，連翻了好幾個白眼。

「對了，媽，關於工作的事情……」顧念看著媽媽，又想起了上禮拜和家裡人的爭吵。

她個性安靜，平常根本不會和爸爸媽媽吵架，雖然現在因爲她受傷了，所以氣氛好不容易有所緩解，但是顧念知道，她還是得和媽媽好好地再溝通一次。

「沒事。」劉素華搖搖頭，似乎對於她的工作已經沒有那麼大的反彈，這讓她很訝異，「我今天來醫院，見到那個男生和他的父母，也就是妳公司的老闆、老闆娘，他們很關心妳，看得出來他們平時對妳很好。」

「眞的嗎？妳不反對我繼續做這份工作了嗎？」

「妳的工作妳當然可以自己決定，妳都二十七歲了，既然自己都已經想明白了，我們自然是不會阻止妳，也不會多說什麼。」劉素華揪緊眉頭，嘆了口氣，「爸爸媽媽不像別人，不會因爲這樣就看不起妳，或是討厭妳……我當初說的那些話，都只是因爲擔心妳，可能說得太重了些，但是……妳懂媽媽吧？」

「我當然懂。」顧念點點頭，眼淚順著雙頰滑落，「我知道許多人對我的工作會唾棄、厭惡或是恐懼，就連我自己，一開始也曾感到害怕，但是做久了以後，便感受到這份工作背後的巨大意義，從中得到成就感……所以希望你們能夠理解。」

「那就做吧，但是如果妳累了，一定要說。」劉素華擦擦女兒的眼淚。

「嗯。」顧念點頭，握了握劉素華的手。

「妳應該早點跟我們說。」劉素華抱住了顧念，「寶貝，這份工作很辛苦的，妳這幾個月來受了多少苦、多少壓力……一定都沒有人可以聊一聊，妳該早點跟我們說的啊！」

「對不起……」顧念點點頭。

「我和妳爸爸還以爲妳去酒店工作。」劉素華擦擦眼淚，拍了拍胸口，半開玩笑地說：「仔細想想，遺體化妝師也不是什麼不正當的工作，雖然很可怕，但是錢賺得很多啊。」

顧念點頭，「是啊……只是一開始我也很害怕。」

「妳是我女兒，我怎麼不知道妳膽小怕鬼？居然還撐得下去，現在幾個月了？有四、五個月了吧？」劉素華笑著問。「只是這份工作辛苦，也承受很大的壓力，妳自己要懂得調適才行。」

「我知道。」顧念點頭。

「我的女兒做著很偉大的工作，我很驕傲。」劉素華拍拍女兒的臉。

「媽……」聽到劉素華這樣說，顧念終於放下心中的大石頭，感動得啜泣了起來。

母女兩人又哭又笑的，惹得病房裡的其他人都看了過來。

在緊張的疫情期間，醫院裡頭的氣氛嚴肅又可怕，這樣熱熱鬧鬧的時刻也是難得。

花了一整晚的時間，顧念終於鼓起勇氣開口，聊起她工作的這幾個月以來，面對往生者的心情與困惑，又說到了自己意外有了陰陽眼時的恐懼與負擔。

劉素華雖然害怕，卻也覺得很有趣，兩人就在病房裡頭開心地聊著。

能夠得到這難得的認同感，是顧念沒有預料到的，她以爲以媽媽任性又固執的個性，或許還要糾纏許久。

幸好媽媽能夠理解這些。

顧念現在的心情有著這幾個月以來從來沒有過的開闊和晴朗。大概是因爲媽媽說，她會以她爲傲吧。

✦

「發生了這麼大的事情，妳怎麼不多休息幾天？」許崇霖看到頭上、臉上還包著紗布的顧念，忍不住念道。

「休息很久了，都已經要七月底了，我的傷口好得差不多了，想趕快回來工作，支援大家，而且人手不是不夠嗎？」顧念搖搖頭說：「我可以的。」

「妳確定？我們多半是體力活，整天都要出力，傷口又悶著，怕對妳不太好。不然……我幫妳排後天的班，妳自己要量力而爲。」許崇霖說。

「好的，謝謝小老闆。」許崇霖總是用給她放假，讓她休息的方式來照顧自己，這讓顧念感到非常溫暖。

「啊！」不知道從哪裡飛來一個金色的龐然大物，還發出了奇怪的聲音衝過來抱住顧念，她仔細一看，是個子高高的金髮辣妹郭丹琪，「妳還好嗎？不要緊吧？聽說你們在高速公路上和警車上演追逐戰！超可怕的！」

「我沒事。」顧念說。

「她沒事也被妳抱到有事了，妳快放開她。」許崇霖把郭丹琪拉走，「妳快去上班，是不是又要遲到了？」

「我還有二十分鐘耶，你不要那麼神經質好不好！」郭丹琪不滿地道，「我要去街上買染劑再去上班……」

「妳敢給我把頭髮又染成粉紅色妳就死定了！」許崇霖罵道。

「爲什麼！上次家屬看了說很可愛耶！」郭丹琪說。

顧念聽了這話，忍不住笑出來。

「我討厭啦，醜死了！」許崇霖吼道。

「你喜歡能幹麼？你才醜！」

這兩個可愛的傢伙拌嘴拌個不停，顧念只好先回房間休息，放個行李。

回到房間放完行李的顧念，要下樓時正好看見了紀子翼，他戴著一副黑色口罩，陽光下的他精神和氣色還不錯。

「嗨，美女。」紀子翼說。

「聽說你下午沒班，可以找你去約會嗎？」顧念的臉微微紅了。

「當然。」紀子翼馬上回答。

一個禮拜沒有見到紀子翼，他還是跟以前一樣帥得很流氓，顧念本來覺得很討厭的，現在也忍不住懷念了起來。

他看著她下樓，「身體還好吧？」

「休息了這麼久，當然好了。」她點點頭，沒想到紀子翼竟突然把她擁入懷中，「這是在外面……」

「妳沒吊點滴，伯母也不在這裡。」就連口罩也擋不住紀子翼笑得得意的神情，「走吧，妳想去哪裡？」

「土城。」顧念拿出手上的文件，是吳慧君的死亡證明和印鑑章的相關資料，這幾天她已經協助吳慧君的家人辦好了限定繼承，避免債主再找上門，也將她所有銀行的帳戶都進行死亡證明的申請與銷戶，不管吳慧君有任何貸款和欠款，現在也都不會打擾到吳媽媽了。

接下來就是最後一站了。

開了一個多小時的車，兩人來到了玉山銀行的土城分行，原來當初吳慧君設定顧念為聯絡人，所以只有她和吳慧君本人能夠打開，也難怪謝仲學會被拒於門外。

就算謝仲學知道了密碼，沒有她們其中一人在場，他也無法打開保險箱。

如今終於得以打開這個保險箱，看看裡頭的祕密了。

領取了行員交給她的鑰匙，顧念和紀子翼走到了保險櫃前面，找到了對應的號碼，小心地打開這個銀色的方格子。

裡面有一封信、幾綑現金，和一些金飾、金條。

信是吳慧君去年寫的，和那場夢中，顧念見到她時兩人的談話差不多，多半都是愧疚、後悔，以及滿滿的對不起，所以她沒有花時間細看。

現金是十萬元裝成一綑的，大概有一百萬，加上金飾、金條，說不定眞的能夠償還她欠顧念的那筆一百五十多萬的債。

妳永遠是我最重要的朋友。

她看見信中的最後一句話，再次肯定，車禍那天的她，是眞的見到吳慧君了。

因爲噹噹的關係，這半年來她見到太多離奇、恐怖的事，或許她接下來不再擁有這些能力，但她不會忘記這一切帶給她的收穫與回憶。

她能夠得到吳慧君的道歉和道謝，已經圓滿了，這件事到現在也已經畫下了句點，顧念知道自己得放手了。

她抱著信紙，重重地嘆了口氣。

回家的路上，知道這些錢都是要交還給自己的紀子翼，有些沉默。

「怎麼了？」因爲快要回到宿舍了，顧念這才忍不住問。

「我只是在想，妳既然還了錢，那也不是非得要待在這裡繼續工作嘛。」紀子翼雖然說得很理所當然，態度也很大方，但表情卻有點彆扭，「如果妳要去別的地方工作，我是很支持啦，就……妳開心都好，我覺得都沒關係。」

「我不會離開。我很喜歡這份工作，將來，也請多多指教。」

「眞的？」紀子翼開心地笑了，「眞的嗎？」

「嗯，眞的。」顧念點點頭，「你不再是一個人了，我會陪在你身邊。」

聽見顧念的話，紀子翼開心地將她擁入懷中。

同樣是化妝，她以前只願意見到人們美好的一面，掩藏所有瑕疵，覺得自己帶來的是幸福與快樂。

如今她爲往生者化妝，不再是掩藏與美化，而是讓往生者用最自然的一面，與所有親友訣別。

這份工作帶給她的痛楚或許很多，也經常充滿了淚水與懊悔，但是她仍然願意用著夕陽色的顏料，送往生者們最後一程。

「您好，我是蓮祐禮儀的顧念，今天爲您服務。」這句話，只要她還有能力，便會繼續說下去。而這份工作，她也會繼續做下去。

（全文完）

番外一
茶蓼

「茶蓼回來了，爺爺。」

星子徹拉開木門，看到了熟悉的身影。

這棟木造房屋充滿了日式懷舊風格，木拉門、窗格子、門口的風鈴、石子地，還有日劇上常看到的緣側外廊和深灰色屋瓦，是相當傳統的日式建築。門口的花園裡，還能看見紅色的小鳥居。

茶蓼喵了一聲，伸了伸懶腰，跟著星子徹一跳一跳地往後院前進，終於看到了星子健次老爺爺。

星子健次準備了貓食，他彎下身子，對著三腳白貓招招手，「去哪了？怎麼弄成這個樣子？」

茶蓼沒說話，低頭吃飯，就這麼被星子健次摸著頭。

「傷口看起來都已經好了，有人幫祢包紮和照顧祢吧？」年輕的星子徹也蹲下身來確認茶蓼的傷勢。

「別看了。」茶蓼終於在吃飽後說了句話，並且開始清理自己的毛髮。

星子健次也不好奇，拍拍大腿起身，「既然沒有大礙，那我就走了，祢老人家記得多休息啊。」

「是。」茶蓼對星子健次倒是有禮貌，恭敬地拱手作揖，目送他離去。

星子健次才剛離去，祂就和一旁的星子徹打了起來，「別摸我。」

「我才是家裡的神主耶！祢不該對我恭敬一點嗎？」星子徹也幼稚，捏著茶蓼的毛髮，「祢好香啊，是不是變成家貓了？」

「走開。」茶蓼皺著眉頭，不耐煩地說：「你把我的毛弄亂了！」

「我都聞出來了，祢身上帶著女人的香氣，沒想到茶蓼孤獨一生，竟然會爲了一個女人成爲家貓。」

茶蓼一個轉身，長出了手腳，變成一個滿頭白髮的爺爺。他端坐著，身子浮在半空中，單手用力出掌，竟湧起一陣狂亂的風，向星子徹襲去。

星子徹馬上後空翻了兩圈，才勉強躲掉。他嘻皮笑臉地抱住茶蓼，「不開玩笑啦！我不就只是想歡迎祢老人家回來，我好想祢呀……」

「好了，走開。」幻化回貓的茶蓼也不跟他多說話，優雅地舔舔毛，然後繞過星子徹，一跳一跳地離開。

個性頑皮的星子徹見茶蓼雖然少了一條腿，但還是十分有精神的樣子，也放心了，坐在廊下笑著說：「我的妻子生了個女兒，祢不看一看嗎？」

茶蓼雖然看似冷漠，卻還是默默地回頭望了一眼，這才繼續搖著尾巴，優雅地離開。

星子徹回到家中，想起妻子陸時雨平時負責奉養神社中諸多貓妖與貓靈等事務，便提了一句，「茶蓼回來了喔。」

「喔？」陸時雨有些意外，「茶蓼大人離開也有大半年了，身體還好嗎？」

「受傷了，少了條腿，但依然硬朗得很……」星子徹看到只有一歲半的女兒星子櫻獨自在走廊爬著，忍不住分了心，「櫻剛剛用很快的速度爬過去耶。」

「她這個年紀，本來就會在走廊上橫衝直撞，你不用擔心。」陸時雨打開冰箱，「晚上吃烤魚吧？下午契闊大人帶回了幾隻新鮮的石斑，爺爺喜歡。」

「妳不擔心啊？」星子徹感到很意外，陸時雨竟然一點都不擔心自己女兒的安全。

「擔心什麼？大家都看著。」陸時雨聳聳肩，繼續忙著自己的事。

「什麼大家啊？這走廊上……」星子徹慌張地轉身跟上星子櫻，這才明白了陸時雨的意思。

只見星子櫻撲向幾隻貓，而那幾隻貓都不是一般的貓，貓毛的邊緣處都帶著微微的藍光，眉心有小小的印記，代表祂們都是有一定品級的貓妖。

貓妖們在星子櫻身邊顧前顧後的，就連剛回來的茶蓼也在旁邊擔心地照看著。

「白貓貓……」星子櫻似乎特別喜歡這隻新來的大貓茶蓼，小臉蛋蹭了蹭祂柔軟的白毛。

茶蓼也不抗拒，一藍一黃的眼睛看起來雖然凶狠，實際上卻隱含了些微的溫柔。

星子健次爺爺笑著說：「櫻這麼小就能夠親近神社內的貓妖了，將來肯定大有可為。」

「其他貓妖也就算了，茶蓼不過就是蘿莉控罷了。」星子徹話一說完，茶蓼凌厲的眼神便掃向他。

星子徹還不肯閉嘴，「怎麼，祢不承認？」

茶蓼衝上前去發出威嚇的哈氣聲，電光石火之間伸爪一抓，星子徹的手馬上見血。

「好痛喔……爺爺……」星子徹喊道。

「你活該。」星子健次搖搖頭。

番外二
相見歡

「你會不會太誇張？」顧念擰緊眉頭，臉也跟著皺在一起。

紀子翼轉了一圈，拉了拉領口的領帶，「什麼誇張，這可是我除了制服之外唯一的西裝，不帥嗎？」

「你就陪我回家吃個飯，住兩天，穿這樣你不覺得誇張？」顧念搖搖頭，「換正常的衣服，快點！」

「爲什麼？我穿這樣很帥耶。」紀子翼不以爲然，在鏡子前又轉了兩圈。

顧念從衣櫃裡頭隨便拿了一件短袖上衣，「換掉，不然我不帶你回家了。」

「喂，妳要我剪頭髮，我就剪頭髮，妳要我戒菸，我也戒菸了，妳不能總是這樣對我……」紀子翼講到一半就心虛了，「算了，換就換。」

顧念被他無奈的表情惹得忍不住笑出來，「你要是看我不順眼，我也可以配合啊，抽菸是壞習慣，我是爲了你的健康著想，才讓你戒菸。」

「對、對，妳都有理由。」紀子翼不爽地脫下了衣服，換上了短袖上衣和黑色牛仔褲，接著再穿上外套，「不就是吃定我比較愛妳才這樣。」

「你少噁心。」顧念又拿了兩件短袖上衣，放進他的包包裡，再把原本的襯衫拿出來，「穿得舒服比較重要，要不要帶短褲？」

「帶吧、帶吧，妳想帶就帶。」紀子翼手雙手一攤，隨便顧念整理他的行李，「好了就出來，我去開車。」

顧念整理好之後，來到門口，看著紀子翼開來的車，又想笑了。

他平常開的是一台普通的小客車，因爲開了很久所以到處都是刮痕，而他今天卻開了一台外殼刷得晶亮的銀色轎車過來，顧念仔細一看，發現這台是許崇霖的車。

「你跟小老闆借車開？需要這麼裝模作樣嗎？」顧念坐進車裡。

「我都已經滿身紋身了，要是不穿好一點，開好一點的車的話……」紀子翼的語氣有些沉重與遲疑。

「你不是光看外表就能了解的人，相處久了才會知道。」顧念看了他一眼。

聽到顧念說的話，紀子翼感到很開心，手放開了方向盤，用手勾住顧念的脖子，用力地在她的臉頰上親了一下，笑得像個孩子一樣。「哇！我好感動！」

「危險！危險！你好好開車！」顧念尖叫。

一個小時後，他們來到了顧念的家。

原本在沙發上看電視的顧立鈞，一看到女兒回來，便起身熱情地迎接，「念念回來啦！」顧立鈞一看到顧念身後的男子，臉上掛著的笑臉瞬間凝結，忍不住多了幾分防備，眼神也不自覺地往對方的脖頸處打量，看著他的紋身。

見紀子翼不太溫和的眼神，他心想，對方會不會不好相處？

「爸，我男朋友。」顧念看爸爸的臉色有些不好，趕緊介紹。

「叔叔好，我是紀子翼。」紀子翼乖乖地鞠躬。

「啊……好。」顧立鈞面有難色地點點頭，招呼道：「坐吧，坐。」

劉素華端著水果盤，從廚房裡走出來，笑道：「子翼來啦！好久不見！」

「阿姨好。」紀子翼緩緩坐下，緊張到全身僵硬。

顧念皺眉，她有些困惑，紀子翼參加過這麼多場嚴肅的告別式，表現得都十分得體，怎麼見個女朋友的父母會這麼緊張？

「晚餐吃什麼？」顧念站起身，打算去廚房幫忙。

「妳工作辛苦，我簡單備了一些料，晚上我再煮些好的。我昨天去超市買了許多東西，妳過來看。」劉素華拉著女兒去廚房。

顧念起身離開前，還不忘捏了紀子翼的肩膀一把，「放輕鬆。」

紀子翼點點頭，抬頭看著對面一臉嚴肅的顧立鈞，尷尬地笑了笑。

「聽念念說，你是禮儀公司的少東？」顧立鈞表情微微一鬆，雖然劉素華已經提醒過他，但他還是很難接受這樣的男人成為女兒的男朋友。「幾歲？哪裡人？有沒有念大學？現在在做什麼工作？」

「今年二十八歲，竹東人。目前比較常幫忙家中的事業。」紀子翼老實回答。

「我看也是，應該也沒念大學吧？」顧立鈞沒好氣地說。

「你少以貌取人，我們子翼可是國立大學畢業。」劉素華及時前來解圍，「在家裡幫忙有什麼不好？他們兩兄弟都是和善又有頭腦的人，父母開明又磊落，很好相處，你還想問什麼？」

顧立鈞瞪了太太一眼，「又不是問妳……」

「紀子翼，你過來幫忙！」聽到顧念喊他，紀子翼馬上起身。

顧立鈞從來沒聽過女兒這麼大聲講話。

「來了。」紀子翼說。

「他看起來不像是會欺負念念的吧？」劉素華看著顧立鈞欲言又止的模樣，忍不住取笑。

「這還差不多。」顧立鈞挑起一邊的眉毛，繼續看電視。

算了，女兒開心就好，他哪需要多說什麼。

番外三
偏心

「妳真是個瘋子，一定要染這種中毒的顏色嗎？」許崇霖皺著眉頭，無奈地看著面前的藍色頭髮。

「幹麼，不好看嗎？」郭丹琪笑得有點心虛，「我已經染得很低調了，顯眼的顏色都挑染在底下了。」

「這哪裡低調了？快點染回去，醜死了！」許崇霖搖搖頭，繼續布置花籃，「過來，把這個拿進去。」

「好。」郭丹琪嘻皮笑臉地拎著兩個花籃走進會場，還衝上前用屁股撞了一旁的同事，差點把花籃弄亂了。

許崇霖皺緊眉頭，瞪著她的背影，很想再罵她幾句。

「丹琪終於可以回來上班了，心情正好呢。」顧念走上前來小心地說：「你別生氣了小老闆。」

「嗯，知道了。」許崇霖清了清喉嚨，「顧念，等等妳帶兩個新人確認會場位置，幫忙帶位，這是位置圖。」

「好的。」顧念把位置圖夾在指間，拎起兩個花架，回頭跟新人說：「跟我來吧。」

今天的會場很大，死者是一位年逾九十歲的老奶奶，她的家屬數量相當龐大，光是子孫輩就能坐滿七、八排，更不用說這種場合會有更多的親戚、朋友來到現場，算一算至少有上百人，會場動線和活動流程的安排就得更仔細小心，畢竟是嚴肅的場合，誰都不希望出紕漏。

郭丹琪今天不知道怎麼了，好像特別亢奮，抓著一個家屬說了好多話，雖然她沒有說說笑笑破壞氣氛，而且家屬的臉色也算是正常，沒有任何怪罪的樣子，但許崇霖還是忍不住擔心。

典禮正式開始，這個家族信奉的是基督教，所以由牧師主持，一開始氣氛還好，但到了播放投影片和家屬致詞的時候，底下便漸漸地哭成一團。

這時帶著口罩和手套的工作人員會紛紛在會場中散開，遞給家屬們乾淨的紙巾。因為會場很大，工作人員幾乎忙不過來，所以連許崇霖也下場，到處察看有沒有哪裡需要幫忙。

結果他居然看到郭丹琪開始偷懶，到處晃悠也就罷了，最後竟跑出去了。

許崇霖知道自己不能當場發脾氣，便先繼續安撫家屬，到了比較不忙的時候，才找機會離開會場，找尋郭丹琪。

沒想到竟看見她躲在會場外面滑手機，許崇霖趕緊走上前，「妳竟然偷懶？」

「你看，可不可愛！」郭丹琪還拿起手機跟他分享照片，「這隻黃色的貓超可愛，念念一定會喜歡！」

「上班時間妳看什麼……」

「之前念念因爲貓不見、朋友過世，哭了好幾天。我想說送她一隻貓咪讓她開心點，這家餐廳有好多貓可以領養，都超可愛的。」

郭丹琪的語氣裡滿是關心和溫柔，許崇霖一時也不知道該如何罵起。他清了清喉嚨，「那也不能在工作的時候看這個！」

此時典禮已經結束了弔唁，家屬朋友們各自拿起玫瑰開始獻花，並在家屬答禮致謝後，緩慢離去。

郭丹琪絲毫沒有發現許崇霖的臉色鐵青，還笑著點開照片，「你就是沒看，這麼可愛她一定會喜歡。」

「妳讓她自己去挑啦，不要自作主張！」許崇霖用力拍她腦袋，「趕快回去幫忙，不要偷懶。」

「啊！好痛！每天都只打我一個，你真的很偏心！」郭丹琪一邊抱怨一邊收起手機，乖乖回到會場。

偏心？他最偏心的就是她了，這傢伙腦袋不好還愛亂講話，許崇霖忍不住翻白眼。

工作人員正在送家屬離場，此時郭丹琪又遇到了剛才那位和她說話的家屬。她看得出來對方才剛哭過。

那位家屬是個阿姨，她和藹地握住郭丹琪的手，「妹妹，辛苦你們啦！」

「不辛苦、不辛苦！」郭丹琪抽了兩張面紙遞給阿姨，「阿姨慢慢走，小心台階。」

「阿姨眞喜歡妳，回頭一定介紹我兒子給妳認識！」阿姨擦擦眼淚，笑著說。

「不用啦，阿姨。」沒想到郭丹琪抓住了一旁的許崇霖，「我有男朋友！我男朋友也很帥的。」

許崇霖被郭丹琪勾住肩膀，尷尬地想要掙脫，但因爲人太多，所以他只能繼續被她摟著。

「啊……原來有男朋友啦，眞可惜！」阿姨笑著揮手，「走啦，妹妹！」

「阿姨再見！」好不容易揮手送走人，郭丹琪這才被許崇霖甩開，「很痛耶，你怎麼那麼大力！」

許崇霖退了好幾公尺，滿臉通紅，大罵道：「妳不要亂講話好不好……誰、誰是妳男朋友！」

「說說而已，緊張什麼？不然還眞的讓阿姨介紹兒子給我？」看到許崇霖結巴的樣子，郭丹琪忍不住笑了起來，「你臉也太紅了吧小老闆！害羞？」

「妳閉嘴！妳這個瘋子！」

番外四
那天

「乾媽！」紀子翼小小紅紅的臉蛋上揚起微笑。

「子翼來啦！」呂美和毫不猶豫地抱起這個胖乎乎的小孩，「哇，子翼重了好多！妳是餵了什麼？」

走在後面的是劉梅君，紀子翼的母親。她將手上的菸捻熄在門口的菸灰缸中，粗魯地踢掉腳上的布鞋，她沒有穿襪子，所以看得見她腳趾甲上那斑駁的黑色指甲油，「我要吃的。」

「紅豆湯要嗎？我剛剛才煮好，還沒加糖。」呂美和親了乾兒子紀子翼一下。看著他乖巧地脫下鞋子，還把劉梅君亂脫的鞋子也整理好，「乖，去找崇霖玩嗎？」

「不要，有沒有肉？」劉梅君把裝著換洗衣物的大包包放在沙發上。

「現在才幾點，妳沒吃中餐？」呂美和皺眉看著劉梅君躺進沙發裡，開始在茶几的抽屜裡翻找食物，她只好隨便拿了些零食給這個任性的朋友。「有些招待客人的瓜子和開心果，還有仙貝。」

「我不要瓜子。」沒想到劉梅君還挑嘴得很，看了好幾種零食後才挑了甜甜的蜜汁腰果，一把塞進嘴裡，「對了，這幾天子翼先住妳這邊。」

「當然好啊，可是……明天不是禮拜六嗎？我還以爲你們說好這個週末要帶子翼出去野餐，怎麼不去了？」呂美和轉身走進廚房，在熱氣瀰漫的湯鍋裡加了幾勺糖。

「下次吧，這禮拜有點事，家裡亂糟糟的。」劉梅君沒有正面回答，一臉若有所思。

這句話雖然敷衍，也沒什麼奇怪，呂美和卻察覺到了異樣，微微皺眉，「怎麼了嗎？」

「沒有怎麼了，小事情。」劉梅君打開電視，「子翼越來越胖了，最近吃得好多，養不起了。」

「他在長高呢，才八、九歲的孩子，已經長到一百三十幾公分，高了崇霖一個頭，將來可能會超過一百八，像安平那樣……」呂美和端著裝有紅豆湯的兩個小塑膠碗走出廚房，看見劉梅君的表情，更加狐疑了，「孩子們，喝紅豆湯了！」

紀子翼和許崇霖根本沒聽到，還在房間裡玩飛機和卡車撞來撞去的遊戲。

「對了，義文的事，後來怎麼處理？」呂美和試探地問：「他太太是不是還懷著孩子？」

「妳別管這事。」劉梅君微微皺眉，似乎對呂美和的敏銳感到意外。

梁義文是紀安平的堂親，前陣子在外縣市發生車禍，和其中一個堂口的兄弟起了衝突，後來衍生成幫派鬥毆。

紀安平已經在十年前退休，也安分地和呂美和一家人好好工作，卻因爲這層親戚關係，意外地被牽扯進去。

「梅君，」呂美和抓住劉梅君，「妳別想騙我，你們是不是又想要幹什麼了？」

「什麼啦！我們不是已經退休了嗎？說好不做了。」劉梅君解釋道，揮開呂美和的手，不敢看她，「妳不要胡思亂想啦！」

「那妳告訴我，這個週末妳要幹什麼？這週末不就是義文的告別式嗎？爲什麼不陪子翼？你們是不是要去惹事了？」呂美和的聲音忍不住更尖銳了一些。

「沒有啦！就這幾天我們有點事而已，而且妳不是說子翼和崇霖玩得很好嗎？

所以才丟給妳幫忙照顧，不要就算了，神經病……」劉梅君一急起來就結巴，「不吃了、不吃了，好端端的被妳嚇得要死……」

「那妳答應我，明天義文的告別式不要去惹事！」呂美和瞪著劉梅君，壓根不相信她的話。

「我有說我要去惹事嗎？妳眞的很奇怪！」劉梅君仍然迴避了呂美和的眼神，急躁地起身，「我要回去了！」

「看在我們這麼多年朋友的分上，妳就聽我一句吧！」呂美和站起身來抓住她的手，「妳已經有子翼了，多爲孩子著想一些，不要再衝動了。」

劉梅君似乎想要說什麼，但是支支吾吾的，半晌也說不出話來，最後她抓了抓腦袋，雙手插在口袋裡，套上已經被穿鬆的布鞋，落荒而逃。「不跟妳說了，我要回去了。」

「梅君！」

房間裡的紀子翼聽到外頭的大門被用力地關上，默默嘆了口氣。他摸摸脖子上的一枚玉珮，那是早上媽媽留給他的，雖然不知道那是什麼意思，但他卻莫名的有些不太舒服的感覺。

是不是有什麼事要發生了？他年紀實在太小了，沒辦法完全聽懂大人言語中的意思。

許崇霖困惑地看著身邊的紀子翼，擔心地問：「哥哥？」

「沒事！我們再來轟炸一次吧！」紀子翼搖搖頭，抓起戰鬥機，繼續和弟弟玩鬧。

呂美和坐在沙發上安靜不語，一臉焦急不安，卻又什麼都不能做。

桌上的紅豆湯已經涼了，兩個孩子仍然沒有出來，呂美和也沒有催。空氣中瀰漫著一股悲涼無奈的氣息，好像一有人輕拍她的背，就會使她哭出來。

或許這就是所謂不祥的預感吧。

「那就是你最後一次見到自己的媽媽嗎？」顧念看著紀子翼如常的神色。他總是能夠隱藏自己的情緒，好像天塌下來也不會輕易掉淚。

「是啊。她雖然是個不負責任的母親，抽菸、酗酒又愛打架鬧事，但是她對我很好，或許她不是什麼好人，但……」紀子翼說。

「嗯。」顧念捏捏他的肩膀，將頭靠在他的背上，「沒關係，我都明白。」

只是這麼簡單的動作，紀子翼便知道自己沒有繼續解釋的必要了，不需要再多說什麼，顧念也能懂自己。

「我不會再讓你孤獨一個人。」顧念環抱著他的肩膀。

雖然紀子翼擁有許多照顧自己的家人和朋友，但這是第一次，他感覺自己不再是一個人，他的眼中緩緩地泛起一陣溫熱。

後記

關於死亡這件事

自卑如我，總是想著該如何才能吸引讀者，讓大家能夠分神注意到我這微不足道的小作者。但最後我還是只能先設法滿足自己，寫出一個自己也能夠理解和接受的故事。

年紀大了的優點就是，看過的死亡可能比較多。經歷許多家人的離開，或許我比一般年紀稍小的作者們更懂離別的意義。我常常笑著說自己可能眞的會寫到死爲止，於是這次想著，不如就來寫一本關於死亡的書吧。

我其實並未想過，一本關於死亡的書會激起多大的火花。在這個什麼都能成爲題材的時代，其實早已經沒有太多禁忌，也沒有什麼事是尚未被寫過的。死亡也是一樣。

我第一次接觸死亡，是高中的時候，依公（馬祖方言，祖父之意）過世。老人家已經八十幾歲，什麼病都有，高血壓、肺水腫、髖關節受傷和足底筋膜炎，什麼都不缺。摔了一跤之後就一病不起，他住在醫院長達半年的時間，時而昏迷時而清醒。這就像是在大家家中多多少少都聽過的，千篇一律的故事。

某天，爸爸把客廳打掃乾淨，移動櫃子和長桌，騰出一個空間，放了一張微微架高的單人床。一張床就這麼突兀地被放在客廳角落，沒有被褥床單，只有一顆枕頭。

年輕的我不知道那是什麼意思，連兩位姑姑都特地來到家中。我一向不喜歡二姑姑，二姑姑個性強硬，咄咄逼人，每每見到我就是一陣數落，不是問我功課好不好，有沒有考第一名，就是問我怎麼又胖了幾圈之類的。

但是今天二姑姑來了之後，卻什麼都沒有說，只是坐在沙發上，抱著手中的枴杖沉默。

「怎麼了嗎？」我問爸爸。

「依公要回來了。」爸爸回答。

我皺皺眉，喔？依公的病好了嗎？心裡頭一陣欣喜。依公是個笑口常開的老人家，雖然常偷吃我們的糖果、餅乾，但也對我們疼愛有加。在我的印象中，他後來幾年經常住院。我也好幾個月沒見過依公了，如果他病好了能回家，當然是件好事。

當時的我，沒能解讀出爸爸眉宇間的惆悵。

依公是被抬進來的。骨瘦如柴的他，帶著點滴管子，與醫生一起回來。他們一同將他抬放到那張簡陋的單人床上。陌生的醫生伯伯艱難地開口：「……剛才……已經……」

已經什麼？

「依爹！」二姑姑突然慟哭，聲音淒厲。

我被嚇得微微一震，還不知道發生什麼事，四周的眾人卻好像說好似的，突然哭成了一團。我不懂，只是怔怔地看著眼前的依公。他好瘦、好乾，雙手像枯木一般，乾澀的嘴唇自然地半啟，一雙眼睛半閉著，像是向下看著什麼。

人群簇擁著他，我仍然一臉茫然，不是很明白。眼前的依公是真的死了嗎？我驚魂未定地坐下，看著對面的依嬤（祖母）也在哭喊著。仔細一聽，我發現那不是一般的哭聲，她一邊哭，一邊念念有詞，似乎是特殊的馬祖哭調，像歌卻也不是歌，就像孝女白琴會有的台詞。但我只覺得很吵，而且很可怕。

看著哭得傷心的依嬤，我覺得奇怪。依嬤脾氣不好，整天和依公爭吵，兩人感情非常差，平常在家裡只要見到兩人開始吵架，我們這些年紀小的孩子就會馬上躲避，因為不到兩個小時，根本不可能會安靜下來。

依嬤對依公有許多不滿，那都是上一輩的故事，在那些我聽得一知半解的方言中，我只聽得懂依嬤各種咒依公去死的尖酸言語，任何人聽了都難受。

但如今依嬤哭得傷心，卻也不像是假的。

哭號聲持續了整晚，一個月後的白事喪禮中，哭聲也是連綿不絕。

我不喜歡喪事，總是要跪，還得披麻帶孝，那些東西很醜，很多陌生的親戚都會來，在我臉上、身上捏來捏去的。對我說「你知不知道我是誰啊？」、「我以前抱過你的啊！」。

喪禮結束後，少了依公的依嬤，一下子老了好多。少了人跟她吵架，她的身體卻迅速垮了，每天幾乎都躺著發呆，一句話也不說，沒有情緒也沒有脾氣，一點也沒有從前的強悍與執拗。不到一年，她就隨著依公一同離去。

我這時才明白，或許感情不只是甜言蜜語，嫌棄或詛咒也都是感情。而死亡從來就不是感情的終點，而是另一個開始。

棺材上畫著蓮花，晃眼著。

國家圖書館出版品預行編目資料

夕陽色的訣別／端木冬粉著. -- 初版. -- 臺北市：城邦原創股份有限公司出版：英屬蓋曼群島商家庭傳媒股份有限公司城邦分公司發行, 2023.08
面；公分. --

ISBN 978-626-7217-62-7（平裝）

863.57 112012592

夕陽色的訣別

作　　者／端木冬粉
責任編輯／鄭啟樺　　行銷業務／林政杰　　版　　權／李婷雯

內容運營組長／李曉芳
副總經理／陳靜芬
總 經 理／黃淑貞
發 行 人／何飛鵬
法律顧問／元禾法律事務所　王子文律師
出　　版／城邦原創股份有限公司
台北市中山區民生東路二段 141 號 6 樓
電話：(02) 2509-5506　傳眞：(02) 2500-1933
email：service@popo.tw
發　　行／英屬蓋曼群島商家庭傳媒股份有限公司城邦分公司
聯絡地址：台北市中山區民生東路二段 141 號 11 樓
書虫客服服務專線：(02) 25007718・(02) 25007719
24小時傳眞服務：(02) 25001990・(02) 25001991
服務時間：週一至週五09:30-12:00・13:30-17:00
郵撥帳號：19863813　戶名：書虫股份有限公司
讀者服務信箱 email：service@readingclub.com.tw
城邦讀書花園網址：www.cite.com.tw
香港發行所／城邦（香港）出版集團有限公司
地址：香港灣仔駱克道 193 號東超商業中心 1 樓
email：hkcite@biznetvigator.com
電話：(852) 25086231　傳眞：(852) 25789337
馬新發行所／城邦（馬新）出版集團 Cité(M)Sdn. Bhd.
41, Jalan Radin Anum, Bandar Baru Sri Petaling,
57000 Kuala Lumpur, Malaysia.
電話：(603) 90563833　傳眞：(603) 90576622
email：services@cite.my

封面設計／也津設計
電腦排版／游淑萍
印　　刷／漾格科技股份有限公司
經 銷 商／聯合發行股份有限公司
電話：(02)2917-8022　傳眞：(02)2911-0053

■ 2023 年8月初版　　Printed in Taiwan

城邦讀書花園
www.cite.com.tw

定價／330元

ISBN　978-626-7217-62-7
本書如有缺頁、倒裝，請來信至service@popo.tw，會有專人協助換書事宜，謝謝！